Das Buch

Als Sechzehnjähriger wird Jack London bevollmächtigter Angehöriger der Fischereischutzbehörde und versieht zwei Jahre Dienst auf einem Patrouillenboot in der San-Francisco-Bay und den nahegelegenen Küstengewässern. In dieser Zeit besteht er mit seinem Kollegen Charley Le Grant aufregende und gefährliche Abenteuer im Kampf gegen eine Reihe von Fischern, die in aller Öffentlichkeit die Besatzungen der Patrouillenboote dadurch herausfordern, daß sie die Fischereischutzbestimmungen mißachten. Es sind zumeist Chinesen, Griechen und Italiener, harte Burschen, die mit verbotenen Netzen auf Fang gehen, sich nicht um Schonzeiten kümmern und fremde Fischgründe plündern. Wie es Jack und Charley immer wieder gelingt, die Fischpiraten zu überlisten – oft unter lebensgefährlichen Umständen – und ihnen das Handwerk zu legen, das schildert der Autor in diesen sieben lebendig und spannend geschriebenen Erzählungen.

Der Autor

Jack London (eig. John Griffith, später J. G. London nach seinem Stiefvater) wurde am 12. 1. 1876 in San Francisco geboren und wuchs in ärmlichen Verhältnissen auf. Er schlägt sich als Fabrikarbeiter, Austernpirat, Landstreicher und Seemann durch, holt das Abitur nach, beginnt zu studieren, geht dann als Goldsucher nach Alaska, lebt monatelang im Elendsviertel von London, gerät als Korrespondent im russisch-japanischen Krieg in Gefangenschaft und bereist später die ganze Welt. Am 22. 11. 1916 setzt der berühmte Schriftsteller auf seiner Farm in Kalifornien seinem zuletzt von Alkohol, Erfolg und Extravaganz geprägten Leben ein Ende. – London hat hervorragende Tiergeschichten, Kurzgeschichten, naturalistisch-romantische Abenteuerromane und sozialkritische Romane verfaßt, denen zumeist eigene Erlebnisse zugrunde liegen.

Jack London:
Fischpiraten
Erzählungen

Deutsch von Friedgard und Horst Fischer

Deutscher
Taschenbuch
Verlag

dtv

Von Jack London
sind im Deutschen Taschenbuch Verlag erschienen:
Lockruf des Goldes (871)
Der Sohn des Wolfs (897)
König Alkohol (899)
Die Insel Berande (907)
An der weißen Grenze (918)
Südseegeschichten (923)
Abenteurer des Schienenstranges (948)
Alaska-Kid (956)
Die glücklichen Inseln (971)
In den Wäldern des Nordens (978)
Die Fahrt der Snark (985)
Jerry, der Insulaner (1006)
Michael, der Bruder Jerrys (1012)
Der Seewolf (1027)
Martin Eden (1074)
Kid & Co. (1143)

Mai 1976
Deutscher Taschenbuch Verlag GmbH & Co. KG,
München
Lizenzausgabe mit freundlicher Genehmigung des
Universitas Verlags, Berlin · ISBN 3-8004-0998-4
Titel der amerikanischen Originalausgabe:
›Tales of the Fish Patrol‹
Umschlaggestaltung: Celestino Piatti
Gesamtherstellung: Graph. Werkstätten Kösel, Kempten
Printed in Germany · ISBN 3-423-01176-9

Inhalt

Weiß und Gelb

Die San-Francisco-Bay ist so groß, daß ihre Stürme seegehenden Schiffen oft gefährlicher werden können als selbst Orkane auf den Weltmeeren. In den Gewässern der Bai tummeln sich Fische aller Arten; deshalb durchpflügen ihren Wasserspiegel die Kiele aller Arten von Fischerbooten, die wiederum mit allen möglichen Arten von Fischersleuten bemannt sind. Um den Fischbestand vor diesem bunt zusammengewürfelten, betriebsamen Fischervolk zu schützen, sind viele Gesetze erlassen worden, und es wurde eine Fischereischutzpatrouille aufgestellt, die dafür zu sorgen hatte, daß diese Gesetze auch eingehalten wurden. Wer Dienst bei der Patrouille machte, erlebte aufregende Zeiten. Ihre Geschichte berichtet von manchem Toten, den sie bei Niederlagen in ihren eigenen Reihen zu beklagen hatten, doch als Zeichen ihres Erfolges viel öfter von Fischern, die der Tod inmitten ihrer widerrechtlich ausgelegten Netze ereilte.

Am zügellosesten unter den Fischräubern waren ohne Zweifel die chinesischen Krabbenfänger. Es ist eine Eigenart der Krabben, daß sie in großen Scharen auf dem Grund entlangkriechen, bis sie Süßwasser erreichen, daß sie dann umkehren und wieder zum Salzwasser zurückwimmeln. Und dort, wo der Tidenstrom geht und kommt, senken die Chinesen große, sackartige Fangnetze mit weiten Öffnungen auf den Grund ab, in die die Krabben hineinkriechen und von wo aus sie dann in die Kochkessel befördert werden. Das wäre an sich nicht schlimm; aber ihre Netze haben so feine Maschen, daß nicht einmal die kleinsten Fische, winzige frischgeschlüpfte Dinger von kaum einem halben Zentimeter Länge, durch sie hindurchkönnen. Die wunderschönen flachen Ufer von Point Pedro und Pablo, an denen die Dörfer der Krabbenfänger liegen, werden durch den Gestank verpestet, den Myriaden verwesender Fische verbreiten; deshalb ist es seit eh und je die Aufgabe des Fischereischutzes gewesen, gegen diese sinnlose und verheerende Vernichtung der Jungfische einzuschreiten.

Als ich noch ein junger Mann von sechzehn Jahren war – ein guter Segler, der jede Ecke und jedes Flach der Bai kannte –, wurde meine Slup, die »Reindeer«, von der Fischereischutzbehörde gechartert, und ich wurde durch diesen Umstand ein bevollmächtigter Angehöriger der Patrouille. Es hatte für uns eine

Menge Arbeit und Ärger mit den griechischen Fischern auf der Oberen Bai und den Flüssen gegeben, wo gleich zu Beginn von Streitigkeiten Messer blitzten und wo Männer nur dann bereit waren sich zu ergeben, wenn man ihnen einen Revolver unter die Nase hielt. Deshalb jubelten wir fast vor Freude, als wir den Auftrag erhielten, einen Feldzug gegen die chinesischen Krabbenfänger zu starten.

Wir waren zu sechst in zwei Booten; und damit unser Plan nicht zu früh entdeckt wurde, segelten wir erst nach Einbruch der Dunkelheit los und ankerten im Schutz eines vorspringenden steilen Felsenufers, das Point Pinol heißt. Als sich der Himmel im Osten im ersten Licht der Dämmerung schwach zu erhellen begann, machten wir uns wieder auf den Weg, nutzten den Landwind und liefen hart am Wind quer über die Bai in Richtung Point Pedro. Der Morgennebel kräuselte sich und lag auf dem Wasser, so daß wir nichts sehen konnten; mit heißem Kaffee versuchten wir, das Frösteln aus unseren Knochen zu vertreiben. Außerdem mußten wir uns mit elender Lenzerei abquälen, denn unbegreiflicherweise war im Rumpf der »Reindeer« ein großes Leck aufgesprungen. Wir hatten die halbe Nacht damit zugebracht, den Ballast umzupacken, um die undichte Stelle zu finden; aber unsere Plackerei war ohne Erfolg geblieben. Das Boot machte weiter Wasser, und notgedrungen mußten wir uns auf den Boden der Plicht hocken und es wieder herausschöpfen.

Nach dem Kaffee gingen drei von uns auf das andere Boot, ein Lachsboot vom Columbia-Fluß; wir blieben zu dritt auf der »Reindeer« zurück. Dann liefen beide Boote nebeneinander her, bis sich die Sonne am östlichen Horizont zu zeigen begann. Ihre feurigen Strahlen vertrieben die Nebelschwaden, und dort, vor unseren Augen, lag wie auf einem Gemälde die Flotte der Krabbenfänger, ausgebreitet in der Form eines Halbmonds, dessen beide Enden gute drei Meilen voneinander entfernt waren. Jede Dschunke hatte an der Boje eines Krabbennetzes festgemacht; kein Laut war zu hören, kein Lebenszeichen.

Diese Situation brachte uns auf eine gute Idee. Alle Chinesen waren unter Deck gegangen, um bis zum Eintritt des Stauwassers zu schlafen und dann ihre schweren Netze vom Grund der Bai hochzuholen. Das versetzte uns in gute Stimmung, und schnell hatten wir unseren Schlachtplan festgelegt.

»Setz je einen deiner zwei Leute auf einer Dschunke ab«, flüsterte mir Le Grant vom Lachsboot aus zu. »Du selbst machst an der dritten fest. Wir werden das gleiche tun, und es müßte schon ganz dumm kommen, wenn wir nicht wenigstens sechs Dschunken aufbringen sollten.«

Dann trennten wir uns. Ich ging mit der »Reindeer« über Stag und lief weiter, bis ich in Lee einer Dschunke war. Dann ging ich in den Wind, verlor dadurch an Fahrt und trieb langsam und so dicht am Heck der Dschunke vorbei, daß einer meiner Leute leicht übersteigen konnte. Sofort drehte ich ab, bis das Großsegel wieder Wind fing, und machte rasche Fahrt auf die zweite Dschunke zu.

Bis zu diesem Augenblick war kein Laut zu hören gewesen; doch plötzlich erhob sich auf der ersten Dschunke, die von dem Lachsboot aufgebracht worden war, lauter Tumult – schrille orientalische Schreie, ein Revolverschuß und noch mehr Geschrei.

»Jetzt ist alles aus. Das wird die anderen warnen«, sagte George, der Patrouillenmann, der noch an Bord war und neben mir in der Plicht stand.

Wir befanden uns in diesem Augenblick in der Mitte der Flotte. Der Alarm verbreitete sich mit unglaublicher Schnelligkeit, auf den Decks begann es von verschlafenen und halbnackten Chinesen zu wimmeln. Warnrufe und Wutschreie flogen über das stille Wasser, irgendwo wurde ein Muschelhorn durchdringend geblasen. Rechts von uns sah ich, wie der Kapitän einer Dschunke den Festmacher mit einem Beil kappte, dann sprang er seinen Leuten zu Hilfe, die das riesige fremdländische Segel vorheißten. Auch zu unserer Linken tauchten auf einer anderen Dschunke schon die ersten Köpfe von unten auf; schnell ging ich mit der »Reindeer« längsseits, und es reichte, daß George an Bord springen konnte.

Die ganze Flotte war nun in Bewegung geraten. Zusätzlich zu ihren Segeln hatten sie lange Riemen zu Hilfe genommen. Die Bucht wimmelte von Dschunken, die in alle Himmelsrichtungen zu fliehen versuchten. Ich befand mich nun allein auf der »Reindeer« und war fieberhaft bemüht, noch eine dritte Prise aufzubringen. Bei der ersten Dschunke, deren Verfolgung ich aufnahm, hatte ich keinen Erfolg, weil sie die Schoten dichtholten und erstaunlich schnell am Wind davonschossen. Sie konnte um gut einen halben Strich höher an den Wind gehen als die »Reindeer« und segelte mich aus; ich bekam Respekt vor den ausgezeichneten Segeleigenschaften dieses sonst so schwerfällig wirkenden Fahrzeugs. Da ich also einsehen mußte, daß eine weitere Verfolgung hoffnungslos wäre, drehte ich ab, fierte die Großschot und lief raumschots weiter, wobei ich nun die Dschunken, zu deren Nachteil, in Lee hatte.

Die Dschunke, auf die ich es jetzt abgesehen hatte, zickzackte unentschlossen vor mir her; doch als ich einen weiten Bogen lief, um leichter längsseits gehen zu können, braßte sie plötzlich die Segel und schoß ebenfalls davon. Die dunkelhäutigen Mongolen schrien, über ihre Riemen gebeugt, einen wilden Rhythmus. Aber darauf hatte ich mich schon vorbereitet. Ich luvte plötzlich an, gab hart Ruder und hielt die Pinne mit dem Rumpf; gleichzeitig holte ich während der Fahrt Hand über Hand die Großschot dicht, um meinen Gegner mit voller Wucht zu treffen. Die beiden Steuerbordriemen der Dschunke zersplitterten, und mit lautem Krachen stießen beide Boote zusammen. Der Bugspriet der »Reindeer« griff wie eine riesige Hand hinüber und riß den Mast der Dschunke mitsamt dem hochragenden Segel heraus.

Das löste ein entsetzliches Wutgeschrei aus. Ein großer Chinese, der auffallend bösartig wirkte, um den Kopf ein großes, gelbes, seidenes Schnupftuch wie eine Binde gewickelt trug und im Gesicht von Pockennarben schlimm entstellt war, stemmte zornig einen Bootshaken gegen den Bug der »Reindeer« und begann, die ineinander verkeilten Schiffe auseinanderzuschieben. Ich nahm mir nur soviel Zeit, um das Klüverfall zu fieren, und genau in dem Augenblick, als die »Reindeer« freikam und achteraus sackte, sprang ich mit einer Leine an Bord der Dschunke und belegte sie dort. Der mit dem gelben Schnupftuch und dem pockennarbigen Gesicht kam drohend auf mich zu; aber ich steckte eine Hand in die Hosentasche – da verharrte er zögernd. Ich war unbewaffnet, aber die Chinesen haben gelernt, sich amerikanischen Hosentaschen gegenüber ganz besonders vorsichtig zu verhalten. Nur deshalb würde ich ihn und seine wilde Mannschaft mit einiger Sicherheit auf Abstand halten können.

Ich befahl ihm, vom Bug der Dschunke aus Anker zu werfen, aber er antwortete drauf: »Nix vellstehn.« Wie üblich reagierte die Crew genau wie ihr Kapitän; und obwohl ich ihnen mit Handzeichen meinen Befehl deutlich zu machen versuchte, lehnten sie es rundweg ab, mich zu verstehen. Mir wurde klar, daß es unzweckmäßig wäre, lange hin und her zu reden. Ich ging also selbst nach vorn, machte die Ankertrosse klar und ließ den Anker fallen.

»Jetzt übersteigen, vier von euch!« sagte ich mit lauter Stimme und deutete mit meinen Fingern an, daß vier von ihnen mit mir zu kommen und der fünfte auf der Dschunke zu bleiben hatte. Gelbes Schnupftuch zögerte unschlüssig; aber ich wiederholte meinen Befehl energisch (viel energischer, als mir eigentlich zumute war) und griff gleichzeitig mit der Hand in die Tasche. Wieder gelang es mir, Gelbes Schnupftuch damit einzuschüchtern; mit verdrossenem Blick begleitete er drei seiner Leute an Bord der »Reindeer«. Ich legte sofort ab, ließ aber den Klüver unten und steuerte auf Georges Dschunke zu. Dort ging alles leichter, weil wir zu zweit waren und George einen Revolver hatte, auf den wir hätten zurückgreifen können, wenn es zum Schlimmsten gekommen wäre. Und auch hier wurden, wie bei meiner Dschunke, vier Chinesen auf meine Slup hinübergebracht, und nur einer blieb als Wachposten zurück.

Von der dritten Dschunke wurden unserer Passagierliste noch vier weitere hinzugefügt. Inzwischen hatte auch das Lachsboot seine zwölf Gefangenen eingesammelt und kam längsseits, völlig überladen. Am schlimmsten war, daß die Patrouillenleute auf dem kleinen Boot so zwischen ihren Gefangenen eingekeilt waren, daß sie, sollte es eventuell Ärger mit diesen geben, kaum eine Chance gehabt hätten, mit heiler Haut davonzukommen.

»Ihr werdet uns helfen müssen«, sagte Le Grant.

Ich warf einen Blick auf meine eigenen Gefangenen, die sich in und auf der Kajüte zusammengedrängt hatten. »Ich kann noch drei übernehmen«, antwortete ich.

»Kannst du nicht vier nehmen?« schlug er vor, »dann nehme ich Bill mit.«

Bill war der dritte Patrouillenmann.

»Wir haben hier keine Ellenbogenfreiheit, und falls es ein Handgemenge geben sollte, wäre ein Weißer auf zwei von ihnen genau das richtige Verhältnis.«

Der Tausch wurde gemacht, das Lachsboot setzte sein Sprietsegel und nahm baiabwärts Kurs auf die Marschen in Höhe von San Rafael. Ich setzte auf der »Reindeer« den Klüver und folgte ihm. San Rafael, wo wir unseren Fang den Behörden übergeben wollten, war mit der Bai durch einen langen, gewundenen Sumpf- oder Marschlandfluß verbunden, der nur bei Flut schiffbar war. Jetzt hatten wir Stauwasser, und wegen der bald einsetzenden Ebbe war Eile geboten, wenn wir nicht einen halben Tag auf die nächste Flut warten wollten.

Mit der steigenden Sonne war jedoch die Landbrise immer schwächer geworden, und jetzt wehte sie nur noch wie ein schwacher Luftzug. Auf dem Lachsboot nahmen sie die Riemen zu Hilfe und ließen uns bald weit achteraus. Einige Chinesen hielten sich im vorderen Teil der Plicht, in der Nähe des Niedergangs, auf; und als ich mich einmal in der Plicht über die Reling beugte, um die Klüverschot etwas durchzusetzen, merkte ich, wie jemand meine Hosentasche berührte. Ich ließ mir nichts anmerken, aber aus dem Augenwinkel sah ich, daß Gelbes Schnupftuch entdeckt hatte, daß meine Tasche, die ihn bisher in Schach gehalten hatte, leer war.

Zu allem Überfluß kam hinzu, daß bei der Aufregung, als wir die Dschunken enterten, die »Reindeer« nicht gelenzt worden war; das Wasser begann bereits über den Boden der Plicht zu schwappen. Die Krabbenfänger deuteten mit den Fingern darauf und sahen mich fragend an.

»Ja«, sagte ich, »man los, allie luntell, fix, fix, und schöpft, schöpft, vellstanden?«

Nein, sie »vellstanden« nicht, oder sie schüttelten wenigstens so mit dem Kopf, als wenn sie nicht verstünden. Doch in ihrer Sprache schnatterten sie in einer Weise miteinander, als wenn sie sehr wohl begriffen hätten, was ich meinte. Ich hob drei oder vier Bodenbretter hoch, holte aus einer Backskiste einige Pützen heraus und forderte sie in unmißverständlicher Zeichensprache auf, sich ans Lenzen zu machen. Doch sie lachten nur; einige verzogen sich in die Kajüte, die anderen kletterten auf das Kajütdach.

Ihr Lachen hatte offensichtlich nichts Gutes zu bedeuten. Es lag eine Andeutung von Drohung und Tücke darin, die ihre finsteren Mienen bestätigten. Seit Gelbes Schnupftuch meine leere Tasche entdeckt hatte, trug er ein unverschämtes Gebaren zur Schau, schlich zwischen den anderen umher und redete eifrig auf sie ein.

Ich schluckte meinen Ärger hinunter, stieg selbst in die Plicht und begann, das Wasser auszuschöpfen. Aber kaum hatte ich damit angefangen, schwang der Baum aus, das Großsegel füllte sich mit einem Ruck, und die »Reindeer« legte sich weit über. Die Morgenbrise hatte eingesetzt. George war die schlimmste aller Landratten, deshalb sah ich mich gezwungen, das Ösen aufzugeben und wieder ans Ruder zu gehen. Der Wind blies direkt von Point Pedro und den dahinterliegenden hohen Bergen, und deshalb war er böig und unstetig; zeitweise bauchte er die Segel aus, dann wieder hingen sie schlaff herunter.

George war in allem der hilfloseste Mann, dem ich je begegnet war. Neben allen seinen anderen Unzulänglichkeiten hatte er auch noch die Schwindsucht, und ich wußte, daß er bei einem bloßen Versuch, Wasser zu schöpfen, einen Blutsturz bekommen könnte. Doch das steigende Wasser ließ mir keine Ruhe, es mußte etwas geschehen. Noch einmal forderte ich die Gefangenen auf, sich am Lenzen zu beteiligen. Sie lachten darauf nur höhnisch, und zwischen jenen in der Kajüte, denen das Wasser bereits bis an die Knöchel reichte, und denen auf dem Kajütdach flogen Zurufe hin und her.

»Das beste wird sein, du nimmst dein Schießeisen und bringst sie damit zum Schöpfen«, sagte ich zu George.

Aber der schüttelte nur den Kopf und ließ sich allzu deutlich anmerken, daß er Angst hatte. Auch die Chinesen bemerkten, was für einen Bammel er hatte, und ihre Frechheit wurde immer unerträglicher. Die in der Kajüte brachen die Vorratsschränke auf, und die von oben kletterten zu ihnen hinunter, um mit ihnen gemeinsam unsere Kekse und Dosenlebensmittel zu verzehren.

»Was kümmert's uns?« sagte George wie ein Schwächling.

In mir begann es vor ohnmächtigem Zorn zu kochen. »Wenn wir nicht mehr die Oberhand haben, wird es zu spät sein, sich darum zu kümmern. Deshalb ist es das beste, du bringst sie jetzt gleich zur Räson.«

Das Wasser stieg höher und höher, und die Böen, die Vorläufer der Morgenbrise, wurden immer steifer. Zwischen den einzelnen Böen begannen jetzt die Gefangenen, die unsere ganze Wochenverpflegung verputzt hatten, von einer Seite zur anderen zu laufen, so lange, bis die »Reindeer« wie eine Nußschale ins Schwanken geriet. Gelbes Schnupftuch näherte sich mir und deutete auf sein Dorf am Ufer von Point Pedro. Er gab mir zu verstehen, daß ich dorthin steuern sollte und daß sie sich als Gegenleistung dafür ans Schöpfen machen würden. Zu diesem Zeitpunkt stand das Wasser in der Kajüte bis zu den Kojen, und das Bettzeug troff bereits vor Nässe. In der Plicht schwappte es fußhoch über der Gräting. Trotzdem lehnte ich es ab, sie dort an Land zu setzen; und an Georges Gesicht konnte man ablesen, wie enttäuscht er darüber war.

»Wenn du dir anmerken läßt, daß du überhaupt keine Nerven mehr hast, dann werden sie uns überwältigen und über Bord werfen«, sagte ich zu ihm. »Du solltest mir deinen Revolver geben, wenn du mit heiler Haut davonkommen willst.«

»Am sichersten wäre es, sie einfach an Land zu setzen«,

schwatzte er wie ein Feigling, »denn ich für mein Teil möchte nicht wegen einer Handvoll dreckiger Chinesen ersaufen.«

»Und ich für mein Teil denke nicht daran, einer Handvoll dreckiger Chinesen nachzugeben, um nicht ersäuft zu werden«, antwortete ich verbittert.

»Auf diese Art wirst du aber die ›Reindeer‹ und uns alle versenken«, jammerte er, »und wozu das gut sein soll, weiß ich wirklich nicht.«

»Jeder nach seinem Geschmack«, erwiderte ich bissig.

Er antwortete nicht, aber ich konnte sehen, daß er erbärmlich zitterte. Weil die Chinesen sich immer drohender verhielten und das Wasser immer höher stieg, war er vor Angst außer sich. Ich begann mir seinetwegen mehr Sorgen zu machen als wegen der Chinesen und wegen des Wassers, weil ich nicht wußte, wozu ihn seine Furcht wohl treiben könnte. Ich merkte, daß er sehnsüchtige Blicke nach dem kleinen Beiboot warf, das wir achtern hinterherschleppten. Bei der nächsten Flaute zog ich kurzentschlossen das Beiboot längsseits. Seine Augen weiteten sich hoffnungsvoll; doch bevor ihm meine Absicht klarwerden konnte, schlug ich mit einem Handbeil ein Loch in den dünnen Boden, und das Beiboot lief bis zu den Dollbords voll Wasser.

»Jetzt werden wir gemeinsam durchhalten oder gemeinsam untergehen«, sagte ich, »und wenn du mir jetzt deinen Revolver gibst, dann wird die ›Reindeer‹ im Nu gelenzt sein.«

»Aber das sind doch zu viele für uns«, jammerte er. »Mit so vielen werden wir allein nicht fertig!«

Angeekelt drehte ich ihm den Rücken zu. Das Lachsboot war längst hinter der kleinen Inselgruppe, den Marin Islands, aus unserer Sicht verschwunden; von ihm konnten wir also keinen Beistand erwarten. Gelbes Schnupftuch kam betont lässig auf mich zu, das Wasser in der Plicht klatschte dabei gegen seine Beine. Sein Anblick war mir widerlich. Ich wurde das Gefühl nicht los, daß sich hinter seinem freundlichen Lächeln, das unecht und falsch wirkte, eine böse Absicht verbarg. Ich befahl ihm zurückzubleiben, und zwar so scharf, daß er gehorchte.

»Bleib, wo du bist!« kommandierte ich, »und komm mir ja nicht näher!«

»Wallum denn?« tat er entrüstet. »Ich denken, splechen-splechen sein viel bessell.«

»Splechen-splechen«, schrie ich ergrimmt, weil mir nun klar war, daß er alles verstanden hatte, was zwischen George und mir vorgegangen war. »Was heißt hier splechen-splechen? Du doch nix viel vellstehn splechen-splechen.«

Sein Grinsen war widerwärtig. »Päh, vellstehen sehll gutt, ich ährlichen Chinamann.«

»Na gut«, sagte ich, »wenn du vellstehen splechen-splechen, dann schöpf du Wasser viel-viel! Dann wiell splechen-splechen.«

Er schüttelte den Kopf und zeigte gleichzeitig über seine Schulter auf seine Kumpane. »Keinell vellstehn das. Sehll slechte Chinamann alle, sehll viel slecht. Ich denken...«

»Bleib zurück!« schrie ich ihn an, weil ich bemerkt hatte, daß seine Hand unter seiner Bluse verschwunden war und er zum Sprung ansetzen wollte. »Bleib zurück!«

Hierdurch aus der Fassung gebracht, ging er in die Kajüte zurück. Aus dem Geschnatter, das dort ausbrach, konnte man schließen, daß er sich mit den anderen beriet. Die »Reindeer« lag jetzt tief im Wasser, und ihre Bewegungen waren sehr schwerfällig geworden. In rauher See wäre sie unweigerlich gesunken; aber zum Glück kam der Wind, wenn wir überhaupt welchen hatten, von Land, und deshalb störte kaum ein Kräuseln den ruhigen Wasserspiegel der Bai.

»Ich meine, es ist wohl das beste, du nimmst jetzt endlich Kurs auf das Ufer«, sagte George unvermittelt zu mir, und zwar auf eine Art, daß mir sofort klar wurde, seine Furcht hatte ihn zu irgendeiner Handlung angestachelt.

»Und ich meine es nicht!« entgegnete ich kurz angebunden.

»Und ich befehle es dir!« warf er sich plötzlich in die Brust.

»Und mir hat man befohlen, diese Gefangenen nach San Rafael zu bringen«, war meine Antwort.

Unsere Stimmen waren immer lauter geworden, unser Streit lockte die Chinesen aus der Kajüte.

»Willst du nun endlich das Ufer ansteuern oder nicht?«

Ich traute meinen Ohren nicht, das kam von George, und ich sah plötzlich in die Mündung seines Revolvers – des Revolvers, den er aus Feigheit nicht gegen unsere Gefangenen benutzen wollte, mit dem er jetzt aber mich bedrohte.

Das machte mich hellwach! Ich erfaßte in einem kurzen Augenblick die Situation in ihrer ganzen Tragweite – die Schande, die Gefangenen verloren zu haben, die Minderwertigkeit und Feigheit Georges, das Zusammentreffen mit Le Grant und den anderen Patrouillenleuten und die faulen Ausreden; und dann der Kampf, den ich so hart durchgefochten hatte, und daß mir der Erfolg gerade dann entrissen werden sollte, als ich ihn fest in der Hand zu haben glaubte.

Aus dem Augenwinkel konnte ich sehen, daß sich die Chinesen an den Niedergängen zusammenrotteten und triumphierend zu uns herüberblickten. Nein, ich würde es nie zulassen!

Ich riß meine Hand hoch und duckte den Kopf nach unten. Meine erste Aktion gab dem Revolverlauf eine Richtung nach oben, meine zweite brachte meinen Kopf aus der Bahn der Kugel, die an mir vorbeipfiff. Mit der einen Hand hielt ich Georges Handgelenk fest, mit der anderen den Revolver. Gelbes Schnupftuch und seine Bande sprangen auf mich zu. Jetzt oder nie! Unter Aufbietung meiner ganzen Kraft schleuderte ich ihnen George entgegen. Dann zerrte ich ihn genauso plötzlich wieder zurück, entriß ihm den Revolver und gab George nochmals einen kräftigen Stoß. Er fiel gegen die Knie von Gelbes Schnupftuch, der über ihn stolperte; das Paar wälzte sich im Bilgewasser, weil ein Teil der Bodenbretter der Plicht zum Lenzen hochgenommen war. Im nächsten Augenblick zielte ich mit dem Revolver auf die Gefangenen, und die verstörten Krabbenfänger duckten sich und wichen zurück.

Ich wurde jedoch schnell gewahr, daß es auf der Welt keinen größeren Unterschied geben konnte als den, auf Männer zu schießen, die angreifen, oder auf solche, die weiter nichts tun, als sich weigern zu gehorchen. Und sie würden nicht gehorchen, wenn ich sie zum Lenzen nach unten schickte. Ich versuchte es zwar und drohte ihnen mit dem Revolver; aber sie blieben gleichgültig in der überfluteten Kajüte und auf dem Kajütdach sitzen und rührten sich nicht.

Eine Viertelstunde verging. Die »Reindeer« sank tiefer und tiefer. Das Großsegel schlug in der Flaute. Da sah ich, wie sich vom Point-Pedro-Ufer her eine dunkle Linie auf dem Wasser zu bilden begann und sich schnell auf uns zubewegte. Es war der Wind, auf den ich schon lange gewartet hatte. Ich rief die Chinesen an und machte sie darauf aufmerksam; sie reagierten darauf mit freudigem Geschrei. Ich deutete auf das Segel und auf das Wasser in der »Reindeer« und versuchte, ihnen mit Zeichen klarzumachen, daß wir mit so viel Wasser im Schiff kentern würden, sobald der Wind auf das Segel träfe. Aber sie blieben ungerührt und trotzig, weil sie wußten, daß ich nur anzuluven und der Großschot lose zu geben brauchte, um dem Winddruck auszuweichen und das Kentern zu verhindern.

Inzwischen hatte ich einen festen Entschluß gefaßt. Ich holte die Großschot um ungefähr einen halben Meter dichter, nahm sie aber nur lose um eine Klampe, gab meinen Füßen einen festen Halt und steuerte mit dem Rücken. Dadurch hatte ich eine Hand für die Schot, die andere für den Revolver frei. Der dunkle Schatten auf dem Wasser kam näher, und ich bemerkte, daß die Chinesen mit einer Besorgtheit, die sie nicht verbergen konnten, von mir aufs Wasser und wieder zurück zu mir blickten. Ich war bereit, meinen Verstand, meinen Willen und meine Beharrlichkeit gegen sie auszuspielen, es mußte sich zeigen, wer der drohenden Gefahr länger trotzen konnte, ohne aufzugeben, ich oder sie.

Dann traf uns der Wind mit voller Wucht. Die Großschot straffte sich, begleitet von einem kurzen Klappern der Blöcke; der Baum stieg hoch, das Segel bauchte sich aus, die »Reindeer« legte sich über – mehr und mehr, bis die Leereling unterschnitt, dann das Deck durchs Wasser schleifte und schließlich sogar die Kajütenfenster im Wasser verschwanden; das Wasser begann sich über das Setzbord in die Plicht zu ergießen. Das Boot hatte sich so heftig übergelegt, daß die Männer in der Kajüte übereinander auf die Leekoje geworfen wurden, wo sie sich wanden, sich ineinander verknäulten und vom Wasser überspült wurden, so daß die unteren in Gefahr kamen zu ertrinken.

Der Wind nahm noch mehr zu, und die »Reindeer« legte sich noch weiter über als bisher. Für einen Augenblick dachte ich schon, sie wäre verloren; ich wußte nun, daß sie eine zweite Bö dieser Stärke nicht mehr überstehen, sondern kentern würde. Während ich die »Reindeer« so wegbügelte und mir gerade überlegte, ob ich aufgeben sollte oder nicht, schrien die Chinesen plötzlich um Gnade. Mir war zumute, als hätte ich noch nie etwas Schöneres gehört. Erst jetzt, und nicht einen Augenblick früher, luvte ich an und gab einen Schrick in die Großschot. Die »Reindeer« richtete sich langsam auf; und als sie wieder aufrecht auf ihrem Kiel schwamm, war sie so voll Wasser, daß mir Zweifel kamen, ob sie überhaupt noch zu retten war.

Doch da stürzten die Chinesen in die Plicht und begannen wie Wahnsinnige, mit Pützen, Töpfen, Pfannen und allem, was ihnen unter die Finger kam, zu schöpfen. War das ein herrlicher Anblick, als das Wasser nur so über Bord flog! Als dann die »Reindeer« wieder hoch und stolz aus dem Wasser ragte, brausten wir mit Backstagbrise davon, durchquerten im allerletzten Augenblick das Watt und liefen in den Polder ein.

Der Widerstand der Chinesen war gebrochen. Sie waren so

fügsam geworden, daß sie schon, noch bevor wir San Rafael erreicht hatten, die Festmacher bereithielten – Gelbes Schnupftuch allen voran. Für George war es die letzte Einsatzfahrt bei der Patrouille gewesen. Er hätte für solche Sachen nichts übrig, erklärte er, und er wäre der Meinung, daß er sich viel besser für einen Posten an Land, als Schreiber zum Beispiel, eigne. Niemand von uns hätte ihm da widersprochen.

Der König der Griechen

Big Alec war noch nie von einer Fischereischutzpatrouille aufgebracht worden. Es war sein ganzer Stolz, daß es niemandem gelingen würde, ihn lebendig zu fangen; und wahr ist, daß von den vielen Männern, die versucht hatten, ihn sich wenigstens tot zu holen, niemand Erfolg gehabt hatte. Es war leider ebenso wahr, daß zwei unserer Leute, die versucht hatten, ihn tot zu kriegen, dabei selbst dran glauben mußten. Jeder wußte auch, daß kein anderer die Fischereigesetze systematischer, vorsätzlicher und öfter verletzte als Big Alec.

Er wurde wegen seiner riesenhaften Statur Big Alec genannt. Er maß 1,90 m, war entsprechend breitschultrig, prachtvoll muskulös und hart wie Stahl. Unter dem Fischervolk waren unzählige Geschichten über seine ungeheure Stärke in Umlauf. Sein Charakter war so verwegen und beherrschend wie sein Körper stark; und deshalb war er allgemein auch unter anderem Namen bekannt, nämlich als »König der Griechen«. Das Fischervolk, zum Großteil Griechen, sah zu ihm auf, gehorchte ihm als seinem Boß. Als ihr Anführer setzte er sich für sie ein, achtete auf ihre Sicherheit, unterstützte sie bei Gericht, wenn sie mit dem Gesetz in Konflikt geraten waren, und brachte sie dazu, daß sie in Zeiten mit Ärger und Verdruß fest zueinander und zu ihm hielten.

Auf Patrouillenfahrten in früheren Tagen hatte man so manches unselige Mal versucht, ihn zu fangen, und hatte es schließlich aufgegeben, so daß ich sehr begierig war, ihn einmal zu sehen, als es hieß, daß er nach Benicia kommen würde. Aber ich brauchte ihn nicht irgendwo aufzustöbern; denn auf seine übliche verwegene Art war das erste, was er nach seiner Ankunft tat, daß er uns aufsuchte. Zu der Zeit taten Charley Le Grant und ich Patrouillendienst unter Carmintel. Wir drei befanden uns auf der »Reindeer« und bereiteten einen neuen Einsatz vor, als Big Alec zu uns an Bord kam. Offenbar kannte Carmintel ihn schon; denn sie schüttelten sich zur Begrüßung die Hand. Von Charley und mir nahm Big Alec keine Notiz.

»Ich bin heruntergekommen, um einige Monate Stör zu fischen«, sagte er zu Carmintel.

Seine Augen blickten herausfordernd, während er sprach, und wir bemerkten, daß Carmintel vor ihm die Augen senkte.

»Geht schon in Ordnung, Alec«, sagte Carmintel mit leiser Stimme. »Ich werde dich nicht behelligen. Komm mit in die Kajüte, dann wollen wir alles durchsprechen«, fügte er hinzu.

Als sie hineingegangen waren und den Niedergang hinter sich geschlossen hatten, blinzelte mir Charley vielsagend zu. Doch ich war noch ein halber Junge und neu unter den Männern, und diese Männer und besonders die Art mancher dieser Männer waren mir noch fremd, so daß ich nicht wußte, was er meinte. Obwohl mir Charley auch keine Erklärung gab, beschlich mich das Gefühl, daß an diesem Geschäft etwas faul zu sein schien.

Wir ließen die beiden bei ihrer Besprechung allein, stiegen auf Charleys Vorschlag in unser Beiboot und pullten zum alten Dampferanleger hinüber, wo Alec sein Wohnboot, eine Ark, liegen hatte. Eine Ark ist ein Hausboot von nicht sehr großen, aber komfortablen Dimensionen, wie es auch die anderen Fischer der Upper Bay besaßen, weil sie es genauso nötig brauchten wie ihre Netze und ihre Boote zum Fischen. Wir waren beide erpicht darauf, Alecs Ark zu sehen, weil man sich erzählte, daß sie der Schauplatz für mehr als ein regelrechtes Gefecht gewesen wäre und von Kugeln durchsiebt sei.

Wir fanden die Löcher (mit hölzernen Zapfen zugestopft und übergepönt); aber es waren bei weitem nicht so viele, wie wir erwartet hatten. Charley bemerkte meine Enttäuschung und lachte. Um mich über meine Enttäuschung hinwegzutrösten, gab er mir dann einen authentischen Bericht über einen Feldzug, der gegen Big Alecs schwimmendes Zuhause unternommen worden war, um ihn festzunehmen – natürlich am besten lebendig, nötigenfalls aber auch tot. Nach einem halbtägigen Kampf waren die Patrouillenleute in ihren schwerbeschädigten Booten wieder abgezogen; einer von ihnen war getötet, drei waren verwundet worden. Als sie am nächsten Morgen mit Verstärkung zurückkehrten, fanden sie nur noch die Festmacher von der Ark; die Ark selbst blieb für Monate im Binsendickicht der Suisun-Bucht verborgen.

»Aber weshalb ist er nicht schon längst als Mörder gehängt worden?« wollte ich wissen. »Die Vereinigten Staaten sind doch bestimmt mächtig genug, um einen solchen Mann vor Gericht zu bringen.«

»Er stellte sich sogar freiwillig und wurde angeklagt«, antwortete Charley. »Es hat ihn fünftausend Dollar gekostet, den Prozeß zu gewinnen, und er hat ihn nach allen Regeln der

Kunst mit Hilfe der besten Rechtsanwälte der Staaten gewonnen. Jeder griechische Fischer auf dem Fluß steuerte sein Teil zu dieser Summe bei. Big Alec erhob einfach diese Steuer und bekam das Geld auch, für alle Welt dort eben wie ein König. Die Vereinigten Staaten mögen allmächtig sein, mein Junge; aber wie der Sachverhalt zeigt, ist Big Alec innerhalb der Vereinigten Staaten ein König mit eigenem Land und eigenen Untertanen.«

»Aber was willst du dagegen unternehmen, daß er auf Störfang geht? Er wird doch auf jeden Fall mit der ›Chinesenleine‹ fischen«, sagte ich.

Charley zuckte mit den Schultern. »Abwarten«, sagte er vieldeutig.

Eine »Chinesenleine« ist eine gemeine Erfindung jener Leute, deren Namen sie trägt. Mit Hilfe einer einfachen Anordnung von Korkschwimmern, Gewichten und kleinen Ankern werden Tausende von Haken, jeder an einer eigenen Schnur befestigt, in einem Abstand von 15 bis 30 cm über dem Grund aufgehängt. Das Bemerkenswerte an einer solchen Leine sind die dicht bei dicht hängenden Haken. Sie haben keinen Widerhaken, sondern sind statt dessen glatt bis zur Spitze, die so scharf wie eine Nadel zugefeilt ist. Diese Haken sind nur wenige Zentimeter voneinander entfernt; und wenn mehrere tausend von ihnen wie ein Fransenband direkt über dem Grund aufgehängt sind, bilden sie auf einer Breite von zweihundert Metern eine schreckliche Sperre für jene Fische, die über dem Grund entlangziehen.

Ein solcher Fisch ist der Stör, der, wie ein Schwein mit dem Maul herumwühlend, über den Grund zieht und deshalb auch tatsächlich häufig »Schweinsfisch« genannt wird. Wird er nun von dem ersten Haken, gegen den er stoßt, gestochen, macht er einen erschreckten Satz und kommt dadurch mit einem halben Dutzend weiterer Haken in Berührung. Dann schlägt der Fisch wild um sich, bis Haken um Haken in seinem weichen Fleisch festsitzt; die Haken, die nun von vielen verschiedenen Schnüren an ihm zerren, halten den unglücklichen Fisch fest, bis er tot ist. Weil kein Stör durch eine Chinesenleine hindurchkommen kann, wird sie in den Fischereigesetzen eine »Falle« genannt. Sie wurde verboten, weil man befürchten mußte, daß der Stör durch sie ausgerottet werden könnte. Und eben diese Leine, dessen waren wir uns ganz sicher, beabsichtigte Big Alec in offenkundiger und empörender Gesetzesmißachtung auszulegen.

Während einer Reihe von Tagen, die nach Big Alecs Besuch

verstrichen, behielten Charley und ich ihn wachsam im Auge. Er schleppte sein Wohnboot um die Solano-Brücke herum in die große Bucht vor Turners Bootswerft. Die Bucht, das wußten wir, war ein guter Grund für den Stör, und hier beabsichtigte nach unserer festen Überzeugung der »König der Griechen« mit seiner Arbeit zu beginnen. Die Flut zirkulierte wie ein Mühlbach in die Bucht hinein und wieder heraus und machte es leicht, in dem ruhigen Wasser eine Chinesenleine auszulegen oder aufzunehmen. So machten Charley und ich es uns zur Aufgabe, zwischen den Tiden umschichtig von der Solano-Brücke Ausschau zu halten.

Ich lag nun schon den vierten Tag hinter den Bohlen der Brücke in der Sonne, als ich bemerkte, daß ein kleines Boot vom weit entfernten Ufer ablegte und in die Bucht hinauspullte. Schnell hatte ich mein Fernglas zur Hand und verfolgte jede Bewegung des Bootes. In dem Boot sah ich zwei Männer, und obwohl es gut eine Meile entfernt war, erkannte ich in einem von beiden Big Alec. Noch bevor das Boot wieder zum Ufer zurückgekehrt war, hatte ich genug gesehen, um ganz sicher zu sein, daß Big Alec seine Leine ausgelegt hatte.

»Big Alec hat in der Bucht vor Turners Bootswerft eine Chinesenleine liegen«, sagte Charley Le Grant an diesem Nachmittag zu Carmintel.

Über das Gesicht des Patrouillenmannes zog ein flüchtiger Ausdruck von Beunruhigung, dann sagte er wie geistesabwesend »Ja?« – das war alles.

Charley biß sich vor unterdrücktem Ärger auf die Lippen und machte auf dem Absatz kehrt.

»Willst du mitmachen, mein Junge?« fragte er mich später am Abend, als wir gerade unsere Arbeit, das Deck der »Reindeer« zu waschen, beendet hatten und uns anschickten in die Kojen zu gehen.

Mir saß plötzlich ein Kloß in der Kehle, ich konnte als Antwort nur mit dem Kopf nicken.

»Also denn«, und Charleys Augen funkelten entschlossen, »dann müssen wir beide eben allein Big Alec fangen, du und ich, und wir müssen es Carmintel zum Trotz tun. Willst du mithelfen?«

»Das wird uns nicht leichtfallen, aber wir können es schaffen«, fügte er nach einer Pause hinzu.

»Natürlich können wir's schaffen«, bekräftigte ich begeistert seine Worte.

Er wiederholte: »Natürlich können wir's schaffen.« Darauf gaben wir uns die Hand und gingen zu Bett.

Aber es war keine leichte Aufgabe, die wir uns gestellt hatten. Um einen Mann, der illegal fischt, überführen zu können, war es nötig, ihn auf frischer Tat mit dem gesamten Beweismaterial für sein Vergehen zu erwischen: also die Haken, die Leinen, den Fisch und den Mann selbst. Das bedeutet, daß wir Big Alec auf offenem Wasser gefangennehmen mußten, wo er uns kommen sehen und sich auf den heißen Empfang für uns vorbereiten konnte, für den er bekannt war.

»Einen anderen Weg gibt es nicht«, sagte Charley eines Morgens. »Nur wenn wir längsseits kommen können, haben wir Aussicht, das Spiel zu gewinnen. Uns bleibt nichts anderes übrig, als den Versuch zu wagen, längsseits zu gehen. Also los, Junge!«

Wir segelten dasselbe Lachsboot, das wir schon beim Kampf gegen die chinesischen Krabbenfänger benutzt hatten. Es war gerade Stillwasser. Als wir bei der Solano Brücke um die Ecke bogen, sahen wir Big Alec bei der Arbeit; er holte seine Leinen hoch und sammelte den Fisch ein.

»Platzwechsel«, befahl Charley, »und steuere genau achtern an ihm vorbei, als wenn du in die Werft willst.«

Ich übernahm die Pinne, Charley setzte sich mittschiffs auf eine Ducht und legte seinen Revolver griffbereit neben sich.

»Wenn er anfängt zu schießen«, warnte er mich, »dann duck dich auf den Boden und steuere von unten, so daß nur deine Hand ungeschützt bleibt.«

Ich nickte, und wir schwiegen, während das Boot sanft durch das Wasser glitt und wir näher und näher an Big Alec herankamen. Wir konnten ganz deutlich sehen, wie er die Störe von den Haken befreite und sie ins Boot warf, während sein Begleiter die leere Leine übernahm, die Haken ordnete und die Leine wieder fein säuberlich ins Wasser zurückversenkte. Als wir immerhin noch 500 m von ihm entfernt waren, schrie er schon zu uns herüber.

»He! Ihr! Was wollt ihr?«

»Mach nur weiter«, flüsterte Charley mir zu, »als wenn du ihn nicht gehört hättest.«

Dann folgten ein paar bange Minuten. Die Fischer beobachteten uns äußerst wachsam, während wir ihnen mit jeder Sekunde näher kamen.

»Bleibt uns vom Leib, wenn ihr keinen Ärger wollt!« rief er

plötzlich, als wäre ihm nun klargeworden, wer und was wir waren. »Wenn ihr nicht hören wollt, leg ich euch um!«

Er brachte sein Gewehr in Anschlag und zielte auf mich. »Wollt ihr endlich verschwinden?« forderte er mit Nachdruck.

Ich konnte hören, wie Charley wegen unseres Mißerfolges seufzte. »Halt dich weg«, flüsterte er, »für diesmal ist es aus.«

Ich drückte die Pinne herum und gab der Schot lose, das Boot fiel um 60 Grad ab. Big Alec beobachtete uns, bis wir außer Schußweite waren; dann kehrte er zu seiner Arbeit zurück.

»Du solltest Big Alec lieber sich selbst überlassen«, sagte Carmintel an diesem Abend ziemlich verdrossen zu Charley.

»Also hat er sich bei dir beschwert, wie?« fragte Charley.

Carmintel stieg peinliche Röte ins Gesicht. »Du solltest ihn lieber in Ruhe lassen, sag ich dir«, wiederholte er, »er ist ein gefährlicher Mann, und es zahlt sich nicht aus, mit ihm Streit anzufangen.«

»Stimmt«, antwortete Charley sanft, »ich habe gehört, daß es sich besser auszahlen soll, wenn man ihn sich selbst überläßt.«

Das war ein direkter Hieb gegen Carmintel, und an dem Ausdruck seines Gesichts konnten wir sehen, daß er gesessen hatte. Es war nämlich allgemein bekannt, daß Big Alec ebenso bereit war zu bestechen wie zu kämpfen und daß in früherer Zeit mehr als ein Patrouillenmann sein Geld genommen hatte.

»Willst du damit sagen, daß...«, fing Carmintel in einem Ton an, der Charley einschüchtern sollte.

Aber Charley fiel ihm schroff ins Wort. »Ich will damit gar nichts sagen«, gab er zurück. »Du hast gehört, was ich gesagt habe, und wenn dir der Schuh paßt, nun...«

Er zuckte mit den Achseln. Carmintel sah ihn finster und wortlos an.

»Was wir brauchen, das ist eine Idee«, sagte Charley eines Tages zu mir, als wir versucht hatten, uns im Morgengrauen an Big Alec heranzuschleichen, was aber zu unserem Ärger wieder fehlgeschlagen war.

Danach zerbrach ich mir noch viele Tage lang den Kopf und versuchte, mir auszudenken, auf welche Weise zwei Männer auf einer offenen Wasserfläche imstande sein könnten, einen anderen festzunehmen, der genau wußte, wie man mit einem Gewehr umgeht, und der nie ohne Gewehr anzutreffen war. Regelmäßig, bei jedem Stillwasser, konnte man sehen, wie Big Alec ohne Heimlichtuerei, dreist und weithin sichtbar seine Leinen einholte. Am aufreizendsten daran war, daß jeder Fischer zwischen Benicia und Vallejo wußte, daß er uns erfolgreich Trotz bot. Auch Carmintel machte uns Scherereien, indem er uns unablässig zu den Alsenfischern von San Pablo hinschickte, so daß uns für den König der Griechen nur wenig Zeit übrigblieb. Aber weil Charleys Frau und Kinder in Benicia wohnten, hatten wir diesen Ort zu unserem Hauptquartier gemacht, zu dem wir immer wieder zurückkehrten.

»Ich weiß, was wir tun können«, sagte ich, nachdem einige Wochen ergebnislos vergangen waren. »Wir können bei Stillwasser abwarten, bis Big Alec mit seiner Leine fertig und mit dem Fisch an Land gegangen ist; dann können wir hinsegeln und seine Leine holen. Es wird ihn Zeit und Geld kosten, eine neue zu machen, und dann werden wir uns was ausdenken, wie wir auch die kriegen können. Wenn wir ihn schon nicht fangen können, dann sollten wir ihm wenigstens den Spaß verderben.«

Charley blickte hoch und sagte, daß das keine schlechte Idee wäre. Wir warteten unsere Chance ab, und beim nächsten Niedrigwasser liefen wir mit unserem Lachsboot aus. Big Alec hatte den Fisch eingesammelt und war wieder an Land gegangen. Wir hatten uns die Lage der Leine mit Hilfe von Landmarken eingeprägt. Wir waren also sicher, daß wir keine Schwierigkeiten haben würden, sie zu finden. Als die erste Flutwelle kam, waren wir dort, wo die ausgelegte Leine zu finden sein mußte. Wir hängten einen Draggen über Bord, und zwar an einem so kurzen Ende, daß er nur knapp den Grund berührte, und schleppten ihn langsam hinterher, bis er die Chinesenleine faßte und das Boot mit einem harten Ruck zum Stehen brachte.

»Wir haben sie!« schrie Charley. »Komm her und faß mit an, wir holen sie ein.«

Wir hievten gemeinsam, bis der Anker in Sicht kam; an einem seiner Flunken hatte sich die Störleine verfangen. Als wir den Anker einholten, sahen wir eine Menge mörderisch aussehender Haken aufblitzen. Wir hatten gerade erst begonnen, uns an der Chinesenleine entlang bis zu einem ihrer Tampen zu verholen, um sie von dorther aufzunehmen, als uns ein dumpfer Schlag gegen unser Boot aufschreckte. Wir schauten uns um, konnten aber nichts entdecken und machten uns wieder an die Arbeit. Einen Augenblick später verspürten wir einen ähnlichen dumpfen Schlag, und zwischen Charley und mir zersplitterte das Dollbord.

»Das hört sich ja ganz wie eine Kugel an, Junge«, sagte Charley nachdenklich, »und der Schuß kam von weither.«

»Und Big Alec hat rauchloses Pulver benutzt«, folgerte er, als er die ungefähr eine Meile entfernte Küste gemustert hatte, »deshalb konnten wir auch den Knall nicht hören.«

Ich sah zum Ufer hinüber, konnte aber keine Spur von Big Alec entdecken. Doch ohne Zweifel hielt er sich da in irgendeinem Felswinkel versteckt und hatte uns wie auf dem Präsentierteller vor sich. Ein drittes Geschoß streifte das Wasser, prallte ab, flog pfeifend als Querschläger über unsere Köpfe hinweg und schlug weit hinter unserem Boot wieder ins Wasser.

»Ich denke, wir verziehen uns lieber«, bemerkte Charley gelassen, »oder was meinst du?«

Ich war auch seiner Meinung und sagte, daß wir die Leine ja nun nicht um jeden Preis haben wollten. Wir ließen sie also los und setzten das Sprietsegel. Sofort wurde das Feuer eingestellt; aber wir segelten mit dem ekligen Gefühl los, daß Big Alec über unsere Niederlage höhnisch hinter uns herlachte.

Und nicht nur das: Als wir am nächsten Tag an der Fischereipier Netze inspizierten, hielt er die Gelegenheit für gekommen, uns auszulachen und zu verspotten, und das vor allen anwesenden Fischern. Charleys Gesicht wurde grau vor Ärger; aber weil er die feste Hoffnung hatte, daß er Big Alec eines schönen Tages doch hinter Schloß und Riegel bringen würde, verlor er seine Beherrschung nicht und schwieg. Der König der Griechen prahlte wieder damit, daß ihn noch nie eine Patrouille gefangengenommen hätte und daß ihn auch nie eine fangen würde.

Die Fischer schrien »hurra!« und riefen, daß er recht hätte. Sie gerieten so außer sich, daß wir fürchteten, es könnte einen Tumult geben; doch Big Alec stellte sein Königtum unter Beweis, es gelang ihm, sie zu beruhigen.

Auch Carmintel lachte über Charley, ließ einige bissige Bemerkungen fallen und machte ihm das Leben sauer. Charley ließ sich jedoch nicht reizen. Er sagte vertraulich zu mir, daß er trotzdem immer noch die feste Absicht hätte, Big Alec zu fangen, auch wenn es ihn sein Leben kosten sollte.

»Ich weiß noch nicht, wie ich das machen werde«, sagte er, »aber ich werde es schaffen, so wahr ich Charley Le Grant heiße. Mir wird schon zum rechten Zeitpunkt eine Idee kommen, sei unbesorgt.«

Sie kam ihm auch wirklich im richtigen Augenblick, und dazu gänzlich unerwartet. Gut ein Monat war inzwischen vergangen. Wir waren ständig auf der Bucht und flußauf, flußab unterwegs gewesen und hatten gar keine Zeit gehabt, uns um Big Alec zu kümmern, der seine Chinesenleine in der Bucht vor Turners Werft ausgelegt hatte. Eines Nachmittags, als wir dienstlich unterwegs waren und bei der Gießerei Selby festgemacht hatten, geschah es, daß sich uns ganz unerwartet eine günstige Möglichkeit bot, und zwar in Gestalt einer hilflosen Yacht. Auf ihr befand sich ein Haufen seekranker Leute, so daß man eigentlich kaum annehmen konnte, gerade hier der einmaligen Gelegenheit zu begegnen. Es war eine große Slup, die nicht weiterkonnte, weil der Passat fast mit Sturmstärke blies und weil kein erfahrener Seemann an Bord war.

Bei Selby beobachteten wir von der Pier aus mit unbekümmertem Interesse ihr ungeschicktes Ankermanöver und das wirklich haarsträubende Manöver, mit dem sie ihr Beiboot zu Wasser brachten, es wäre in der schweren See um ein Haar gekentert. Ein elend aussehender Mann in schmutzigen Segelhosen warf uns einen Festmacher zu. Nachdem er mühsam an Land geklettert war, taumelte er hin und her, als wenn die Bohlen unter seinen Füßen im Seegang schwankten. Er erzählte uns von seinen Schwierigkeiten und den Sorgen, die ihn wegen der Yacht plagten. Der einzige Segler mit Schwerwettererfahrung, den sie an Bord gehabt hatten, der Mann also, auf den sich alle verlassen hatten, war durch ein Telegramm nach San Francisco zurückgerufen worden. So hatten die übrigen versucht, die Kreuzfahrt auch ohne ihn fortzusetzen; doch sie waren dem Starkwind und den großen Seen der San-Pablo-Bay nicht gewachsen gewesen, alle wurden seekrank, niemand kannte sich aus oder konnte etwas Zweckmäßiges unternehmen. So waren sie in die Bucht bei der Gießerei eingelaufen, um hier entweder die Yacht einfach liegen zu lassen oder jemanden zu finden, der das Boot nach Benicia bringen könnte. Also kurz und gut, ob wir jemanden wüßten, der die Yacht nach Benicia segeln könnte?

Charley sah mich an. Die »Reindeer« lag an einem geschützten Platz. Unser Dienstplan sah bis Mitternacht nichts Besonderes mehr vor. Bei dem Wind, den wir hatten, könnten wir die Yacht in ein paar Stunden nach Benicia segeln, könnten dort für ein paar weitere Stunden an Land gehen und dann mit dem Abendzug hierher zurückkommen.

»Geht in Ordnung, Kapitän«, sagte Charley zu dem niedergeschlagenen Segler, der bei der Anrede »Kapitän« gequalt zu lächeln versuchte.

»Ich bin nur der Eigner«, erklärte er.

Wir ruderten ihn auf weit bessere Art an Bord, als er an Land gekommen war, und dort konnten wir uns selbst von der Hilflosigkeit seiner Passagiere überzeugen. Auf der Yacht befand sich etwa ein Dutzend Männer und Frauen, alle viel zu seekrank, als daß sie etwa noch für unser Kommen dankbar hätten sein können. Die Yacht schlingerte wild und holte weit über. Kaum hatte der Eigner das Deck betreten, da verließen ihn seine Kräfte, und er schleppte sich zu den anderen. Nicht einer von ihnen war imstande, mit Hand anzulegen. So mußten Charley und ich ganz allein das völlig vertörnte laufende Gut klaren, das Segel setzen und den Anker aufnehmen.

Es wurde eine harte Arbeit, aber auch eine schnelle Reise. Die Straße von Carquinez war ein einziges Gequirle von Schaum und Gischt; mit achterlichem Wind durchliefen wir sie in rasender Fahrt. Als wir dort hindurchpreschten, tauchte der Großbaum in ständigem Wechsel ein, oder das Segel riß ihn himmelwärts. Den Leuten an Bord machte das alles nichts mehr aus, ihnen machte überhaupt nichts mehr etwas aus. Zwei oder drei von ihnen – auch der Eigner selbst – lagen ausgestreckt in der Plicht. Sie schauderten, wenn die Yacht angehoben wurde, wild vorwärtsjagte und dann wieder schwindelerregend in ein Wellental hinunterrauschte; zwischendurch betrachteten sie mit sehnsüchtigen Augen die Küste. Der Rest der Leute lag zusammengekauert zwischen den Polstern auf dem Boden der Kajüte. Hin und wieder stöhnte jemand, aber meistens lagen sie so schlaff herum wie ein Haufen Toter.

Als die Bucht vor Turners Werft sich vor uns öffnete, hielt Charley darauf zu, um in ruhigeres Wasser zu kommen. Benicia kam in Sicht. Wir machten rauschende Fahrt durch das hier verhältnismäßig glatte Wasser, als rechts voraus, also direkt auf unserem Kurs, ein auf- und niedertanzendes Boot andeutungsweise sichtbar wurde. Das Niedrigwasser hatte seinen tiefsten Stand erreicht. Wir sahen uns an, Charley und ich. Es wurde kein Wort gewechselt, doch sogleich begann die Yacht sich höchst erstaunlich aufzuführen; sie lavierte und gierte umher, als wenn ein blutiger Anfänger das Rad bediente. Das muß für einen Seemann ein wunderbares Schauspiel gewesen sein! Offensichtlich schien eine außer Kontrolle geratene Yacht in wilder Fahrt über die Bucht zu jagen und hin und wieder verzweifelte Anstrengungen zu machen, Kurs auf Benicia zu nehmen.

Der Eigner vergaß fast seine Seekrankheit, so beunruhigt sah er aus. Das Boot vor uns wurde größer und größer, bis wir den

König der Griechen und seinen Helfer erkennen konnten. Sie hatten ihre Störleine an einer Klampe belegt, machten Pause und amüsierten sich über uns. Charley zog seinen Südwester tief über die Augen, und ich folgte seinem Beispiel, obwohl ich nicht erraten konnte, was für einen Plan er offenbar gefaßt hatte und in die Tat umzusetzen beabsichtigte.

In einer Wolke aus Schaum gelangten wir querab zu dem Boot, so dicht, daß wir trotz des Windes die Stimmen von Big Alec und seinem Gehilfen hören konnten. Sie riefen uns mit der ganzen Geringschätzung an, die Berufsseeleute Amateuren gegenüber empfinden, besonders wenn sich diese selbst zum Narren machen.

Wir brausten an den Fischern vorbei, und nichts war geschehen. Charley grinste über mein enttäuschtes Gesicht, dann rief er mir zu:

»Bedien die Großschot, aber nur zum Schein!«

Er drehte das Rad auf hart Ruder, die Yacht wirbelte gehorsam herum. Die Großschot bekam lose und tauchte ein, dann schoß sie über unseren Köpfen hinter dem halsenden Großbaum her und kam mit lautem Krachen am Leitwagen fest. Die Yacht legte sich über, bis das Deck unterschnitt. Die seekranken Passagiere begannen lauthals zu jammern, als sie wild durcheinander über den Kajütenboden geschleudert wurden und in einem Haufen auf der Steuerbordkoje landeten.

Doch wir hatten keine Zeit für sie. Die Yacht drehte mit wild schlagenden Segeln weiter in den Wind und richtete sich auf. Wir hatten immer noch Fahrt im Schiff, und genau in unserer Fahrtrichtung befand sich das kleine Boot. Ich sah, wie Big Alec mit einem Kopfsprung über Bord verschwand und daß sein Gehilfe nach unserem Bugspriet griff. Gleich darauf gab es ein großes Krachen, als wir nämlich das Boot trafen, und eine Reihe knirschender Stöße, als es unter unserem Kiel verschwand.

»Das gibt seinem Gewehr den Rest«, hörte ich Charley murmeln, als er über Deck sprang, um zu sehen, ob er Big Alec irgendwo entdecken konnte.

Durch den Wind und die See wurde unsere Fahrt schnell gestoppt, und wir begannen, nach achtern über jene Stelle zu treiben, wo das Boot gewesen war. Der schwarze Schopf über dem dunkelhäutigen Gesicht von Big Alec tauchte plötzlich in Reichweite neben uns auf. Ohne daß er Argwohn schöpfte, wurde er an Bord gehievt. Dabei schimpfte er wütend über das, was er für die Unfähigkeit von Sportseglern hielt. Er war außer

Atem, weil er tief tauchen und lange unter Wasser bleiben mußte, um unserem Kiel zu entgehen.

Im nächsten Augenblick hatte sich Charley – zur Verblüffung und Bestürzung des Eigners – in der Plicht über Big Alec geworfen, und ich half ihm, ihn mit Zeisingen zu binden. Der Eigner rannte aufgeregt umher und verlangte eine Erklärung; aber genau in diesem Augenblick war der Begleiter von Big Alec vom Bugspriet nach achtern gekrochen und sah furchtsam über das Waschbord in die Plicht hinunter. Charley schleuderte einen Arm über seinen Nacken, und der Mann landete neben Big Alec auf dem Rücken.

»Mehr Zeisinge!« rief Charley mir zu, und ich beeilte mich, sie zu beschaffen.

Nicht weit von uns entfernt rollte das stark beschädigte Boot schwerfällig im Wind. Ich bediente die Schoten, während Charley das Ruderrad übernahm und darauf zuhielt.

»Diese beiden Leute sind vielfach vorbestrafte Verbrecher«, erklärte er dem ärgerlichen Eigner. »Sie haben immer wieder die Fisch- und Wildschutzgesetze verletzt. Sie selbst waren eben Zeuge, wie wir sie bei einer solchen Straftat festgenommen haben. Sie müssen damit rechnen, daß Sie – unter Strafandrohung bei Nichtbefolgung – als Zeuge der Anklage vorgeladen werden, sobald der Prozeß beginnt.«

Während er sprach, gingen wir an dem Boot längsseits. Es hatte sich zwar von der Leine losgerissen, aber es schleppte noch ein Stück davon hinter sich her. Charley holte ungefähr 120 bis 150 m Leine hoch – ein junger Stör saß noch im Gewirr der widerhakenlosen Haken fest –, schnitt diesen größten Teil der Leine mit seinem Messer ab und warf alles neben die beiden Gefangenen in die Plicht.

»Und hier ist das Beweismaterial, das Hauptbeweisstück für den Staatsanwalt«, fuhr Charley fort. »Sehen Sie sich's genau an, damit Sie es vor Gericht als dasselbe identifizieren können, das zur Zeit und am Ort der Gefangennahme benutzt wurde.«

Dann segelten wir ohne weiteres Herummanövrieren im Triumph nach Benicia. Der König der Griechen lag hart und fest gefesselt in der Plicht und zum erstenmal in seinem Leben war er Gefangener der Fischereischutzpatrouille.

Eine Razzia gegen Austernräuber

Von allen Leuten der Fischereischutzpatrouille, unter denen wir verschiedentlich Dienst taten, war Neil Partington – darin waren Charley und ich uns einig – der weitaus beste. Er war weder unehrlich noch feige; und obwohl er strikten Gehorsam von uns forderte, wenn wir unter seinem Kommando standen, waren unsere Beziehungen doch gleichzeitig ungezwungen kameradschaftlich. Er ließ uns viel Freiheit, was wir sonst nicht gewöhnt waren. Diese Geschichte ist Beweis dafür.

Neils Familie wohnte in Oakland, das an der Lower Bay liegt, nicht weiter als sechs Meilen von San Francisco entfernt. Eines Tages, als wir wieder einmal bei den chinesischen Krabbenfängern von Point Pedro nach dem Rechten sahen, erhielt er die Nachricht, daß seine Frau schwer erkrankt sei. Und es war noch keine ganze Stunde seither vergangen, da knüppelten wir die »Reindeer« schon bei einer steifen achterlichen Nordwestbrise in Richtung Oakland. Wir liefen in die weite Flußmündung bei Oakland ein und warfen dort Anker. In den folgenden Tagen, während Neil an Land weilte, überholten wir unser Boot von Grund auf. Wir spannten das Rigg der »Reindeer« nach, überprüften den Ballast und kratzten den Rost ab. Als wir damit fertig waren, wurde uns die Zeit allmählich lang. Die Erkrankung von Neils Frau schien lebensgefährlich zu sein; wahrscheinlich würden wir also noch eine Woche hier liegenbleiben müssen, um die Krisis abzuwarten. Charley und ich streiften auf den Docks umher und fragten uns, was wir anfangen könnten. Dabei stießen wir auf die Austernflotte, die am Stadtkai von Oakland lag. Es waren in der Hauptsache hübsche und schmucke Boote, für schnelle Fahrt und schlechtes Wetter gebaut. Wir setzten uns auf einen Balken, um sie zu beobachten.

»Scheint ein guter Fang zu sein«, sagte Charley und zeigte auf die aufgehäuften Austern, die, nach drei Größen sortiert, auf den Decks der Boote lagen.

Viele Händler kamen mit ihren Fuhrwerken an die Pier, und bei dem Handeln und Feilschen, das dort im Gange war, gelang es mir leicht, den Verkaufspreis der Austern zu erfahren.

»Dieses Boot dort muß für mindestens zweihundert Dollar Ware an Bord haben«, rechnete ich aus. »Wie lange es wohl dauert, bis man eine solche Ladung zusammen hat?«

»Drei oder vier Tage«, antwortete Charley. »Keine schlechte Einnahme für zwei Mann – pro Person und Tag je fünfundzwanzig Dollar.«

Das Boot, über das wir sprachen, hieß »Ghost« und lag direkt unter uns. Seine Besatzung bestand aus zwei Mann. Der eine war ein kleiner, stämmiger, breitschultriger Bursche mit auffallend langen Gorilla-Armen; der andere dagegen war groß und gut gewachsen, hatte helle blaue Augen und einen Schopf glatter schwarzer Haare. Dieses Nebeneinander von blauen Augen und schwarzen Haaren war so ungewöhnlich und auffallend, daß Charley und ich etwas länger verharrten, als wir eigentlich beabsichtigt hatten.

Und das war gut so. Ein rüstiger älterer Herr in Kleidung und Haltung des erfolgreichen Geschäftsmannes kam auf uns zu, stellte sich neben uns und schaute auf das Deck der »Ghost« hinunter. Er schien ärgerlich zu sein; und je länger er nach unten blickte, um so ärgerlicher wurde er.

»Das sind meine Austern!« rief er schließlich. »Ich weiß genau, daß das meine Austern sind. Ihr seid in der vergangenen Nacht über meine Austernbänke hergefallen und habt sie mir gestohlen!«

Der große und der kleine Mann auf der »Ghost« sahen auf.

»Hallo, Taft«, sagte der Kleine in unverschämt vertraulichem Ton. (Wegen seiner langen Arme hatten ihm die anderen den Namen »Tausendfuß« gegeben.) »Hallo, Taft«, wiederholte er mit dem gleichen Anflug von Unverschämtheit, »wat knurrste hier 'rum?«

»Das sind meine Austern, habe ich gesagt. Ihr habt sie von meinen Bänken gestohlen.«

»Kommste dir wohl mächtig schlau vor, was?« erwiderte Tausendfuß. »Wirste noch behaupten, daß alle Austern weit und breit immer deine sind, was?«

»Na, soviel ich weiß«, unterbrach ihn da der Große »sind Austern eben Austern, egal, wo einer sie findet. 's gibt sie massenhaft inner ganzen Bucht, und überhaupt inner ganzen Welt. Woll'n uns nich' mit Ihn' streiten, Mr. Taft; aber wir lass'n uns nich' von Ihn' einflüstern, daß diese Austern Ihre sin' un' daß wir Diebe un' Räuber sin', solang' Sie das nich' beweis'n könn'.«

»Ich weiß, daß sie mir gehören, dagegen könnte ich mein Leben wetten!« schnaubte Mr. Taft.

»Beweis'n Sie's doch«, sagte der Große herausfordernd; später hörten wir dann, daß er wegen seines erstaunlichen Schwimmtalents überall »Seehund« genannt wurde.

Mr. Taft zuckte hilflos die Achseln. Natürlich konnte er nicht beweisen, daß diese Austern ihm gehörten, ganz egal, wie sicher er seiner Sache auch sein mochte.

»Ich habe es mich schon tausend Dollar kosten lassen, euch hinter Schloß und Riegel zu bringen!« schrie er. »Ich würde fünfzig Dollar pro Kopf zahlen, wenn ihr nur auf frischer Tat ertappt und vor Gericht gestellt würdet! Ihr alle!«

Von den Booten erhob sich brüllendes Gelächter, denn alle übrigen Piraten hatten der Unterhaltung zugehört.

»Mit Austern macht einer *mehr* Geld«, bemerkte Seehund trocken.

Mr. Taft drehte sich ungehalten auf dem Absatz um und ging davon. Aus dem Augenwinkel beobachtete Charley, wohin er ging. Einige Minuten später, als er um eine Ecke verschwunden war, stand Charley träge auf. Ich tat das gleiche, und wir schlenderten gemächlich in der entgegengesetzten Richtung davon.

»Komm! Schnell!« flüsterte Charley mir zu, als wir aus dem Blickfeld der Austernfischer verschwunden waren. Wir änderten augenblicklich unsere Richtung, liefen um einige Straßenecken und rannten Seitengassen entlang, so lange, bis wir Mr. Tafts eindrucksvolle Gestalt vor uns sahen.

»Ich gehe zu ihm hin, um ihn wegen der Belohnung zu fragen«, erklärte mir Charley, als wir den Besitzer der Austernbänke eingeholt hatten. »Neil wird bestimmt noch eine ganze Woche hierbleiben müssen, da könnten wir zwei in der Zwischenzeit gut etwas unternehmen, was meinst du?«

»Natürlich, natürlich«, sagte Mr. Taft, als Charley sich vorgestellt und ihm seine Hilfe angeboten hatte. »Diese Diebe stehlen mir jedes Jahr Tausende von Dollars, und mich würde nichts glücklicher machen, als wenn ich denen um jeden Preis das Handwerk legen könnte, ja Sir, um *jeden* Preis. Wie ich schon sagte, werde ich fünfzig Dollar pro Kopf zahlen, und das wird mir nicht zu teuer dafür sein. Sie haben meine Bänke ausgeraubt, meine Markierungsstangen abgebrochen, meine Wachleute terrorisiert, und im letzten Jahr haben sie sogar einen ermordet. Doch ich konnte ihnen nichts nachweisen. Alles geschah im Dunkel der Nacht. Mir blieb nur der tote Wachmann, aber kein Beweismaterial. Meine Detektive konnten nichts herausbekommen. Niemand ist bisher imstande gewesen, etwas gegen diese

Banditen zu unternehmen. Nie ist es uns geglückt, einen von ihnen zu verhaften. Ich kann also nur sagen, Mr. – wie, sagten Sie doch gleich, war Ihr werter Name?«

»Le Grant«, antwortete Charley.

»Ich kann also nur sagen, Mr. Le Grant, ich bin Ihnen zutiefst verbunden für die Hilfe, die Sie mir angeboten haben. Ich werde mich glücklich schätzen, sehr glücklich, Sir, in jeder Hinsicht mit Ihnen zusammenzuarbeiten. Meine Wachmannschaft und meine Boote stehen zu Ihrer Verfügung. Sie können mich jederzeit in meinem Büro in San Francisco aufsuchen oder mich auf meine Kosten anrufen. Und haben Sie nur keine Bedenken, Geld auszugeben! Ich werde Ihnen alle Unkosten erstatten, in jeder Höhe, sofern sie mit dieser Angelegenheit zusammenhängen. Die Situation wird nämlich immer verzweifelter! Es muß einfach etwas geschehen, damit sich endlich zeigt, wer der rechtmäßige Besitzer der Austernbänke ist – entweder ich oder diese Bande von Gangstern.«

»Jetzt gehen wir erst einmal zu Neil«, sagte Charley, als er Mr. Taft zum Zug nach San Francisco gebracht hatte. Neil Partington legte unserem Abenteuer nicht nur keine Hindernisse in den Weg, sondern er wurde sogar eine große Hilfe für uns. Charley und ich hatten von der Austernbranche keinen blassen Schimmer, während Neils Kopf diesbezüglich das reinste Lexikon war. Deshalb konnte er uns auch innerhalb einer Stunde einen griechischen Jungen von siebzehn oder achtzehn Jahren auftreiben, der das ganze Drum und Dran der Austernräuberei bis in die kleinsten Details kannte.

An dieser Stelle ist es wohl angebracht zu erklären, daß wir gewissermaßen freie Mitarbeiter der Fischereischutzbehörde waren. Während Neil Partington als festangestellter Patrouillenmann ein reguläres Gehalt bezog, erhielten Charley und ich – weil wir bloß Bevollmächtigte waren – nur das, was wir selbst einbrachten, und zwar einen festgesetzten Prozentsatz der Geldbuße, die den überführten und abgeurteilten Missetätern auferlegt wurde. Darüber hinaus hatten wir Anspruch auf jede ausgesetzte Belohnung. Wir boten Partington an, alles, was wir von Mr. Taft bekommen würden, mit ihm zu teilen; doch davon wollte er nichts hören. Er sagte, es wäre ihm eine Freude, uns eine Gefälligkeit zu erweisen, da wir für ihn schon soviel getan hätten.

Wir hielten lange Kriegsrat und entwarfen dann folgenden Schlachtplan: Unsere Gesichter waren auf der Lower Bay unbekannt; die »Reindeer« dagegen war als Fischereischutzboot sehr gut bekannt. Deshalb sollten Nicholas, der griechische Junge, und ich mit irgendeinem unverdächtig aussehenden Fahrzeug zu den Asparagus-Inseln segeln und dort mit der Flotte der Austerndiebe in Verbindung treten. Nicholas konnte uns eine genaue Beschreibung der Bänke und des üblichen Vorgehens bei den Raubzügen geben; danach wäre es durchaus denkbar, daß wir die Räuber auf frischer Tat ertappen und sie auch gleichzeitig in unsere Gewalt bringen könnten. Charley sollte mit einem von Mr. Tafts Wachleuten und einem Aufgebot an Polizisten an Land bleiben, um uns dann im richtigen Augenblick zu Hilfe zu kommen.

»Mir fällt da gerade ein Boot ein«, sagte Neil am Ende unserer Beratungen. »Es ist eine morsche alte Slup, die in Tiburon liegengeblieben ist und die ihr bestimmt für ein Butterbrot chartern könnt. Du und Nicholas, ihr könnt mit der Fähre hinüberfahren und mit dem Boot gleich direkt zu den Austernbänken segeln.«

»Viel Glück, Jungs«, sagte er zwei Tage später beim Abschied zu uns. »Denkt immer daran, es sind gefährliche Männer – seid vorsichtig!«

Nicholas und ich konnten die Yacht wirklich billig chartern; und als wir mit viel Gelächter Segel setzten, hatten wir bereits festgestellt, daß sie noch viel älter und morscher war, als man sie uns beschrieben hatte. Es war ein großes Schiff mit flachem Boden, ein Plattgatter, slupgetakelt, mit gesprungenem Mast, verkommenem Rigg, schäbigen Segeln und verrottetem laufendem Gut, ungeschickt zu handhaben und unberechenbar beim Wenden. Sie roch abscheulich nach Teer, weil sie vom Vordersteven bis zum Heck und vom Kajutdach bis zum Kielschwert mit diesem merkwürdigen Zeug gepönt worden war. Und als Krönung des ganzen stand auf beiden Seiten, über die volle Schiffslänge gemalt, in großen weißen Buchstaben »Coal Tar Maggie«.

Es wurde eine zwar ereignislose, aber vergnügliche Fahrt von Tiburon zu den Asparagus-Inseln, wo wir am Nachmittag des folgenden Tages ankamen. Die Flotte der Austernräuber bestand aus einem Dutzend Slups; sie lag an jener Stelle vor Anker, die allgemein »Die verlassenen Gründe« hieß. Unsere *Teer-Grete* plantschte bei einer leichten achterlichen Brise mitten zwischen die Flotte. Unterwegs hatten wir uns mit den vertrackten Segeleigenschaften unseres morschen Boots bereits vertraut gemacht, doch jetzt gingen wir mit ihm um wie die schlimmsten Landratten.

Die Männer versammelten sich auf den Decks, um uns zu beobachten.

»Was'n das?« rief jemand.

»Wenn du 'n Namen rätst, kannst 'n hab'n!« rief ein anderer.

»Mir schwant, das könnt' die Arche Noah sein!« schrie Tausendfuß theatralisch vom Deck der »Ghost« herüber.

»He! Ahoi, du Schnellsegler!« brüllte ein Spaßvogel. »Wo is'n dein Heimathafen?«

Wir beachteten ihre Witzeleien nicht, sondern benahmen uns wie blutige Anfänger, so als ob allein die »Coal Tar Maggie« unsere ungeteilte Aufmerksamkeit in Anspruch nähme. Ich steuerte sie in gutem Abstand auf die Luvseite der »Ghost«; Nicholas lief nach vorn, um den Anker zu werfen. Allem Anschein nach machte er aber einen großen Fehler, denn die Ankerkette vertörnte sich, und der Anker reichte nicht bis auf den Grund. Und allem Anschein nach waren Nicholas und ich auch furchtbar aufgeregt, als wir beide um die Wette bemüht waren, die Kette wieder klarzubekommen. Jedenfalls gelang es uns, die Austernräuber zu täuschen; ganz offensichtlich bereitete ihnen unsere mißliche Lage einen Heidenspaß.

Doch die Kette blieb unklar. Von allen Seiten wurden uns spöttische Ratschläge gegeben. Wir trieben ab und rammten die »Ghost«, deren Bugspriet sich mitten durch unser Großsegel bohrte und ein Loch hineinriß, das groß wie ein Scheunentor war. Tausendfuß und Seehund bogen sich auf dem Kajütdach vor Lachen und überließen es uns allein, wieder freizukommen, so gut wir eben konnten. Obwohl wir uns so unseemännisch wie nur möglich verhielten, brachten wir es schließlich doch zustande, ebenso das Klarmachen der Ankerkette, von der wir ungefähr 100 m steckten. Das Wasser war hier nur drei Meter tief, unsere *Teer-Grete* würde also in einem Kreis von 180 m Durchmesser schwoien können; und in diesem Umkreis wäre sie imstande, fast die halbe Flotte zu rammen. Weil das Wetter schön war, lagen die Boote der Austernpiraten an kurzen Trossen dicht beieinander; deshalb protestierten alle lauthals gegen unseren Unverstand, eine so unnötig lange Ankerkette auszubringen. Und sie protestierten nicht nur, sondern sie brachten uns schließlich auch dazu, daß wir den größten Teil der Kette wieder einhievten und nur noch zehn Meter draußen ließen.

Als Nicholas und ich sie nun hinreichend mit unserem völlig

unseemännischen Verhalten beeindruckt hatten, gingen wir nach unten, um uns gegenseitig zu unserem Erfolg zu gratulieren und um uns etwas zu essen zu kochen. Aber kaum hatten wir unsere Mahlzeit beendet und die Teller abgewaschen, da schrammte ein Ruderboot gegen unsere Bordwand, und gleich darauf polterten schwere Schritte über Deck. Im Niedergang erschien das brutale Gesicht von Tausendfuß, und dann kam er, gefolgt von Seehund, zu uns in die Kajüte heruntergestiegen. Bevor sich jedoch beide auf eine Koje gesetzt hatten, kam bereits ein zweites Ruderboot längsseits, dann noch eins und noch eins, bis schließlich in unserer Kajüte die Mannschaften der ganzen Austernflotte versammelt waren.

»Wo habt ihr'n bloß diesen alten Kasten geklaut?« fragte uns ein vierschrötiger, behaarter Mann, mit grausamen Augen und mexikanischen Gesichtszügen.

»Den hab'n wir nich' geklaut«, gab Nicholas im gleichen Ton zurück und bestärkte dadurch nur ihre Vermutung, daß wir die »Coal Tar Maggie« gestohlen hätten. »Und wenn wir diesen Kahn geklaut hätten, was wär' dabei?«

»Na, daß mir euer Geschmack nicht zusagt, das wär' dabei«, grinste der mit dem mexikanischen Gesicht höhnisch. »Würd' lieber am Strand verfaulen, eh' ich mir so'n Kasten besorgte, der nicht vom Fleck kommt.«

»Woher sollten wir's denn wissen, bevor wir's ausprobiert hatten?« fragte Nicholas so entwaffnend harmlos, daß alle lachen mußten. »Wie kommt ihr denn an die Austern?« fuhr er eilig fort. »Wir hätten gern 'ne Ladung davon; deshalb sind wir nämlich hergekommen, wegen 'ner Ladung Austern.«

»Wozu braucht ihr'n die?« wollte Seehund wissen.

»Oh«, sagte Nicholas schlagfertig, »natürlich, um sie an unsere Freunde zu verschenken, das tut ihr mit euren doch auch, oder nicht?«

Wieder gab es Gelächter, und als unsere Besucher nun zugänglicher wurden, merkten wir, daß sie nicht die leiseste Ahnung hatten, wer wir wirklich waren und was wir vorhatten.

»Hab' ich dich nicht gestern im Dock von Oakland gesehen?« fragte Tausendfuß mich plötzlich.

»Stimmt«, gab ich kaltblütig zur Antwort und packte den Stier bei den Hörnern. »Ich hab' euch Kameraden beobachtet und mich dabei gefragt, ob wir nicht auch in Austern machen sollten. 's scheint ein verdammt gutes Geschäft zu sein, hab' ich mir ausgerechnet, und deshalb woll'n wir mit einsteigen. Natürlich nur«, fügte ich hastig hinzu, »wenn ihr Kam'raden nichts dagegen habt.«

»Ich will euch mal was sagen, aber ich sag's nicht zweimal«, erwiderte er darauf. »Ihr müßt euch am Riemen reißen und euch 'n besseres Boot besorgen. Wir woll'n uns nämlich mit so 'nem Kasten wie diesem hier nich' blamier'n, verstanden?«

»Klar«, sagte ich, »sobald wir ein paar Austern verkauft haben, legen wir uns was Besseres zu.«

»Und wenn ihr dann noch ehrlich und von der richtigen Sorte seid«, fuhr er fort, »na, dann könnt ihr mit uns fahr'n. Aber wenn nicht«, hier wurde seine Stimme hart und drohend, »wahrhaftig, dann erlebt ihr den schlimmsten Tag eures Lebens, verstanden?«

»Klar«, sagte ich.

Danach und nach weiteren Ermahnungen und Anweisungen ähnlicher Art wurde unsere Unterhaltung allgemeiner, und wir erfuhren, daß schon für die kommende Nacht ein Beutezug auf die Austernbänke geplant war. Als sie nach einer Stunde wieder in ihre Boote gingen, hatten sie uns eingeladen, mit von der Partie zu sein, nach dem Motto »je mehr – um so besser«.

»Hast du dir das Gesicht von diesem gereizten Burschen gemerkt, der wie ein Mexikaner aussah?« fragte mich Nicholas, als sie mit ihren Booten aufgebrochen waren. »Das war Barchi, Barchi von der Schlägerbande; und der Bursche, den er mitgebracht hatte, war Skilling. Beide sind gerade gegen eine Kaution von fünftausend Dollar auf freien Fuß gesetzt worden.«

Ich hatte schon früher von der Schlägerbande gehört, einer Horde von Rowdys und Kriminellen, die die unteren Viertel von Oakland terrorisierte und von der gewöhnlich zwei Drittel in Gefängnissen zu finden waren. Ihre Straftaten reichten von allerhand Unfug über Meineid bis Mord.

»Das sind keine gewöhnlichen Austernpiraten«, fuhr Nicholas fort, »die sind mehr aus Jux hergekommen und um ein paar Dollars zu machen. Vor den beiden werden wir uns besonders in acht nehmen müssen.«

Wir saßen bis kurz nach elf Uhr abends in der Plicht und sprachen alle Einzelheiten unseres Planes noch einmal durch, da hörten wir plötzlich aus jener Richtung, in der die »Ghost« lag, das Klappern von Riemen. Schnell holten wir unser Beiboot heran, warfen ein paar Säcke hinein und ruderten hinüber. Dort hatten sich alle Beiboote versammelt, und daran merkten wir, daß alle gemeinsam den Beutezug auf die Austernbänke unternehmen wollten.

Zu meinem Erstaunen war das Wasser dort, wo wir den Anker geworfen hatten, nur noch knapp dreißig Zentimeter tief; die Ursache dafür war das Springniedrigwasser. Und weil wir noch anderthalb Stunden ablaufendes Wasser haben würden, konnte ich mir ausrechnen, daß sich unser Ankergrund noch vor Eintritt des Stillwassers in trockenen Meeresboden verwandelt haben würde.

Mr. Tafts Austernbänke befanden sich in drei Meilen Entfernung. Schweigend ruderten wir ziemlich lange im Kielwasser der anderen Boote. Gelegentlich hatten wir Grundberührung, und unsere Riemenblätter schlugen immer wieder auf dem Grund auf. Schließlich erreichten wir weichen Schlick, der höchstens fünf Zentimeter hoch mit Wasser bedeckt war; dort konnten die Boote nicht mehr aufschwimmen. Ohne zu zögern, sprangen die Piraten über Bord, und mit abwechselndem Schieben und Rudern brachten wir unsere flachbodigen Boote fast ohne Aufenthalt weiter vorwärts.

Zeitweise wurde der Vollmond von Wolken, die in großer Höhe dahinzogen, verdeckt; doch trotzdem fanden die Piraten ihren Weg mit jener Sicherheit, die in langer Praxis erworben war. Nach etwa einer halben Meile über Schlickboden kamen wir an eine tiefe Rinne, in der wir weiterruderten; zu beiden Seiten lagen leere Austernbänke, die jetzt hoch und trocken aus dem Wasser ragten. Endlich erreichten wir die Jagdgründe. Zwei Männer standen auf einer dieser Austernbänke und riefen uns an, um uns zu vertreiben. Sogleich übernahmen Tausendfuß, Seehund, Barchi und Skilling die Führung, und gefolgt von dem Rest, insgesamt dreißig Mann in halb so vielen Booten, ruderten sie zu den Wachleuten hinüber.

»Haltet euch ja hier 'raus!« sagte Barchi drohend zu ihnen, »oder wir werden euch so durchlöchern, daß ihr nicht mal mehr auf Sirup schwimmen würdet.«

Die Wachleute waren vernünftig genug, einer solchen Übermacht zu weichen; sie stiegen in ihr Boot und ruderten in der Rinne in Richtung auf die Küste davon. Nebenbei gesagt, setzte unser Plan voraus, daß sie sich zurückziehen würden.

Auf einer großen Bank, die von Austern strotzte, zogen wir den Bug unserer Boote aufs Trockene. Alle Mann schwärmten aus und begannen, die Beute in ihre Säcke zu sammeln. Von Zeit zu Zeit lichteten sich die Wolken vor dem Mond, dann konnten wir die vielen großen Austern deutlich erkennen. In kurzer Zeit wurden die Säcke gefüllt, zu den Booten getragen und leere Säcke wieder mitgebracht. Nicholas und ich kehrten oft und eifrig mit einer kleinen Last zu unserem Boot zurück; aber stets begegneten wir einem der Räuber, der entweder gerade kam oder ging.

»Macht nichts«, sagte Nicholas, »nur keine Eile. Wenn sie sich beim Sammeln immer weiter von ihren Booten entfernen, wird ihnen der Rückweg zu weit werden. Dann werden sie die vollen Säcke in Haufen zusammenstellen und, wenn die Flut kommt, mit ihren Booten hinrudern und die Säcke einsammeln.«

Nach einer guten halben Stunde setzte langsam die Flut ein – nun war es soweit. Wir ließen die Räuber bei ihrer Arbeit allein und stahlen uns zu den Booten zurück. Leise schoben wir eins nach dem anderen ins Wasser und vertäuten sie miteinander zu einem widerspenstigen Schleppzug. Gerade als wir unser eigenes Boot als letztes ins Wasser schoben, wurden wir von einem der Leute überrascht. Es war Barchi. Mit einem Blick hatte er die Situation erfaßt und sprang auf uns zu. Aber mit einem kräftigen Stoß kamen wir noch klar, und er stolperte ins Wasser, das ihm über dem Kopf zusammenschlug. Als er die Sandbank wieder erreicht hatte, begann er sofort laut zu schreien und Alarm zu schlagen.

Wir ruderten aus Leibeskräften, aber wir kamen, mit so vielen Booten im Schlepp, nur langsam voran. Von der Sandbank her krachte ein Revolverschuß, ein zweiter und ein dritter. Dann begann uns ein wahrer Kugelregen einzudecken. Weil aber gerade eine dicke Wolke den Mond verdunkelte, konnten sie in der Finsternis nicht gezielt schießen und feuerten blindlings hinter uns her. Es wäre reiner Zufall gewesen, wenn sie uns getroffen hätten.

»Ich wünschte, wir hätten eine Dampfbarkasse«, keuchte ich.

»Und ich, daß der Mond verdeckt bleibt«, keuchte Nicholas.

Es war eine mühsame, harte Arbeit; aber mit jedem Schlag entfernten wir uns von der Sandbank und näherten uns der Küste. Schließlich hörte die Schießerei langsam auf, und als der Mond wieder hervorkam, waren wir schon so weit weg, daß uns keine Gefahr mehr drohte. Kurz darauf hörten wir einen Zuruf vom Ufer her, und gleich danach kamen zwei sechsriemige Whitehall-Boote auf uns zugeschossen. Charleys strahlendes Gesicht beugte sich zu uns herüber, er griff nach unseren Händen und rief: »Oh, ihr Prachtkerle, ihr beiden Prachtkerle!«

Nachdem unser Schleppzug festgemacht war, pullten Nicholas, ein Wachmann und ich in einem Whitehall-Boot wieder hinaus; Charley kam mit uns, er saß achtern auf einer Ducht. Zwei andere Whitehall-Boote folgten uns. Im hellen Mondschein konnten wir die Diebe ohne Schwierigkeit auf ihrer einsamen Austernbank ausmachen. Als wir näherkamen, feuerten sie aus ihren Revolvern eine knatternde Salve auf uns ab, worauf wir uns auch prompt außer Reichweite zurückzogen.

»Wir haben Zeit«, sagte Charley. »Die Flut steigt schnell. Sobald ihnen das Wasser bis zum Hals reicht, wird ihnen die Schießwut schon von selbst vergehen.«

Wir holten die Riemen ein und warteten, bis die Flut ihr Werk vollbringen würde. Die Räuber mußten in eine schlimme Lage geraten; denn das Wasser war stark abgelaufen, und die Flut würde nun wie eine Brandungssee zurückgejagt kommen. Es wäre auch dem besten Schwimmer der Welt nicht gelungen, die drei Meilen dagegen an bis zu ihren Slups schwimmend zurückzulegen. Zwischen den Austernpiraten und dem Ufer aber warteten wir und versperrten ihnen den Fluchtweg in dieser Richtung. Außerdem stieg das Wasser an den Sandbänken sehr schnell, so daß es nur noch eine Frage von wenigen Stunden sein konnte, bis die Wellen über ihre Köpfe hinweggehen würden.

Es war herrlich windstill, und im leuchtend hellen Mondlicht konnten wir sie durch unsere Ferngläser gut beobachten; dabei erzählten wir Charley von unserer Fahrt mit der »Coal Tar Maggie«. Es ging auf ein Uhr zu, dann auf zwei Uhr – da endlich mußten sich die Räuber ganz auf die höchste Stelle der Bank zurückziehen; das Wasser reichte ihnen auch dort bereits bis zur Brust.

»Jetzt seht ihr, wie gut es ist, wenn man Ideen hat«, sagte Charley. »Taft hat jahrelang versucht, sie zu kriegen; aber er machte das viel zu stur, deshalb ist es ihm auch nicht geglückt. Man muß eben Köpfchen haben...«

Im selben Augenblick hörte ich ein kaum wahrnehmbares glucksendes Geräusch im Wasser. Mit erhobener Hand winkte ich den anderen zu, still zu sein, drehte mich um und deutete auf eine Stelle, wo sich das Wasser kräuselte und wo kleine Wellen sich in wachsenden Ringen ausbreiteten. Die Stelle war nicht weiter als fünfzehn Meter von uns entfernt. Wir verhielten uns völlig ruhig und warteten gespannt. Nach einer Minute teilte sich das Wasser in zwei Meter Entfernung – im Mondlicht tauchten ein schwarzer Haarschopf und eine weiße Schulter auf.

Ein erschrecktes Schnaufen, ein Geräusch von hastig ausgestoßenem Atem, und schon waren Kopf und Schulter wieder untergetaucht.

Wir machten einige Ruderschläge voraus und ließen uns dann treiben. Vier Augenpaare suchten den Wasserspiegel ab, aber es zeigte sich kein Gekräusel mehr, und wir konnten auch nicht für einen flüchtigen Augenblick mehr den Kopf oder die Schultern ausmachen.

»Das war Seehund«, sagte Nicholas, »aber den könnten wir sowieso nur bei hellstem Sonnenschein erwischen.«

Es war kurz vor drei Uhr, als wir bei den Räubern die ersten Anzeichen dafür bemerkten, daß ihr Widerstandswille nachließ. Wir hörten Hilferufe. Es war unverkennbar die Stimme von Tausendfuß. Als wir jetzt näher heranruderten, wurde nicht mehr auf uns geschossen. Tausendfuß befand sich in einer wirklich gefährlichen Notlage. Von seinen Kumpanen ragten nur noch Köpfe und Schultern aus dem Wasser. Sie mußten sich mit aller Kraft gegen die Strömung stemmen und hielten ihn dabei gemeinsam über Wasser, weil seine Füße nicht mehr bis auf den Grund reichten.

»Na, Jungs«, sagte Charley vergnügt, »nun haben wir euch, und jetzt könnt ihr uns nicht mehr entwischen. Solltet ihr aber die Absicht haben, Widerstand zu leisten, dann lassen wir euch allein, und das Wasser wird euch den Rest geben. Wollt ihr euch aber anständig aufführen, dann nehmen wir euch einzeln an Bord, und ihr werdet alle gerettet. Na, was wollt ihr nun?«

»Aye-aye!« riefen sie mit klappernden Zähnen im Chor. »Dann also! Mann für Mann, die kleinen zuerst!«

Tausendfuß wurde als erster ins Boot gezogen; er kam gern an Bord, aber er protestierte trotzdem, als ihm der Polizist Handschellen anlegte. Als nächster wurde Barchi hereingehievt, der durch das unfreiwillige Bad lammfromm und resigniert wirkte. Als wir in unserem Boot zehn Mann aufgenommen hatten, machten wir Platz, damit auch das zweite Whitehall-Boot beladen werden konnte. Für das dritte Boot blieben nur neun Gefangene übrig – insgesamt also ein Fang von neunundzwanzig.

»Aber Seehund habt ihr doch nicht gekriegt«, sagte Tausendfuß so triumphierend, als ob durch dessen Flucht unser Erfolg beträchtlich geschmälert worden wäre.

Charley lachte: »Aber wir haben ihn wenigstens noch zu sehen bekommen, als er wie ein prustendes Walroß zum Ufer schnaufte.«

Es war eine sehr sanftmütige und vor Kälte zitternde Räuberbande, die wir vor uns her, am Ufer entlang, zu dem Austernhaus marschieren ließen. Charley klopfte an, die Tür flog auf, eine Welle warmer Luft schlug uns angenehm entgegen.

»Hier könnt ihr eure Sachen trocknen, Leute, und heißen Kaffee sollt ihr auch haben«, sagte Charley, als sie im Gänsemarsch ins Haus gingen.

Dort aber saß kläglich, mit einer dampfenden Kaffeetasse in der Hand, unser Freund Seehund neben dem Feuer. Gleichzeitig blickten Nicholas und ich Charley an. Der aber lachte belustigt.

»Da seht ihr's, Ideen muß man haben«, sagte er. »Wenn man etwas plant, dann muß man eben an alles denken, sonst hat alles keinen Zweck. Ich habe natürlich auch an das Ufer gedacht und ein paar Polizisten dort aufgestellt, damit sie es beobachten. So einfach war das!«

Vielleicht haben Charley und ich unsere bittersten Erfahrungen im Dienst der Fischereischutzpatrouille gemacht, als wir zwei Wochen lang einen großen englischen Viermaster belagerten. Die Angelegenheit wuchs sich im Laufe der Zeit zu einem nahezu mathematischen Problem aus; und es war reiner Zufall, daß wir sie schließlich mit Hilfe einer technischen Errungenschaft doch noch erfolgreich abschließen konnten.

Nach unserer Razzia gegen die Austernräuber waren wir nach Oakland zurückgekehrt; dort vergingen noch zwei Wochen, bis Neil Partingtons Frau außer Lebensgefahr war und sich wieder auf dem Weg der Genesung befand. So waren wir, als wir den Bug der »Reindeer« in Richtung auf Benicia drehten, alles in allem gut einen Monat nicht mehr dort gewesen. Ist die Katze aber aus dem Haus, dann tanzen die Mäuse: In diesen vier Wochen hatten es sich die Fischer angewöhnt, in unglaublich dreister Weise die Gesetze zu mißachten. Schon als wir an Point Pedro vorbeiliefen, fiel uns auf, daß die Krabbenfänger anscheinend sehr aktiv gewesen waren; und als wir dann in die San-Pablo-Bucht kamen, konnten wir beobachten, wie eine weit ausgeschwärmte Flotte von Fischerbooten der Upper Bay in überstürzter Eile die Netze einholte und Segel setzte.

Das sah verdächtig genug aus, und wir beschlossen, der Sache nachzugehen. Es gelang uns zwar nur, ein einziges Boot zu überprüfen; aber schon dabei stellten wir fest, daß es ein verbotenes Netz an Bord hatte. Dem Gesetz nach durften für den Alsenfang nur solche Netze benutzt werden, deren Maschen zwischen den Knoten 19 Zentimeter maßen; bei diesem Netz waren sie aber nur siebeneinhalb Zentimeter groß. Das war ein so offensichtlicher Verstoß gegen die Bestimmungen, daß wir die beiden Fischer sofort in Haft nahmen. Der eine mußte zu Neil auf die »Reindeer« übersteigen, damit er ihm dort zur Hand gehen konnte; Charley und ich setzten mit dem zweiten die Fahrt in dem aufgebrachten Boot fort.

Inzwischen war die Flotte der Fischerboote in wilder Flucht in Richtung auf die Petaluma-Küste verschwunden; für den Rest unserer Fahrt über die San-Pablo-Bay konnten wir keinen einzigen Fischer mehr entdecken. Unser Gefangener, ein wettergebräunter, bärtiger Grieche, saß mürrisch auf seinem Netz, während wir sein Schiff segelten. Es war ein schönes, neues Lachsboot, das offenbar seine erste Fahrt gemacht hatte; es hatte prächtige Segeleigenschaften. Doch obgleich Charley das Boot lobte, war unser Gefangener nicht bereit, mit uns zu reden oder uns überhaupt zu beachten. Allem Anschein nach war er ein ungeselliger Bursche; wir gaben unsere Bemühungen, ihn doch noch in ein Gespräch zu verwickeln, bald auf.

Wir liefen durch die Carquinez Straits und bogen dann, um in ruhigeres Wasser zu kommen, in die Bucht vor Turners Schiffswerft ein. Dort lagen mehrere stählerne Segelschiffe aus England, die auf die Weizenernte warteten. Und hier, genau in derselben Gegend, wo wir Big Alec erwischt hatten, stießen wir ganz unvermutet auf zwei Italiener, die ihr Boot für den Störfang mit einer kompletten Chinesenleine beladen hatten. Die Überraschung war auf beiden Seiten groß, und wir hatten sie gestellt, noch bevor sie oder wir uns recht besinnen konnten. Charley blieb kaum genug Zeit, anzuluven und auf sie zuzulaufen. Ich eilte nach vorn und warf ihnen eine Leine mit dem Befehl zu, sie zu belegen. Einer der Italiener belegte sie mit einem halben Schlag an einer Klampe, während ich hastig unser großes Sprietsegel niederholte. Als unser Segel unten war, trieben wir achteraus und zogen das kleine Boot mit uns.

Jetzt kam Charley ebenfalls nach vorn, um auf das aufgebrachte Boot überzusteigen; doch als ich Anstalten machte, es mit Hilfe der Leine längsseits zu holen, wurde diese von einem der Italiener gekappt. Wir begannen im selben Augenblick nach Lee abzutreiben, sie aber ergriffen ihre Riemen und ruderten mit dem leichten Boot direkt gegen den Wind davon. Diese unerwartete Entwicklung brachte uns für einen Moment aus der Fassung. Es würde uns mit Sicherheit nicht gelingen, schnell genug hinter ihnen herzupullen und sie einzuholen; dafür war unser Boot viel zu groß und außerdem auch noch zu schwer beladen. Da kam uns ganz unerwartet unser Gefangener zu Hilfe. Seine dunklen Augen blitzten vor Eifer, und sein Gesicht rötete sich vor unterdrückter Erregung, als er das Schwert wegfierte, dann wie mit einem einzigen Satz nach vorn sprang und das Segel vorheißte.

»Ich habe schon oft gehört, daß die Griechen Italiener nicht leiden können«, lachte Charley, während er nach achtern an die Pinne eilte.

Und ich hatte in meinem ganzen Leben noch keinen Mann gesehen, der so versessen darauf gewesen wäre, einen anderen zu jagen, wie das bei unserem Gefangenen der Fall zu sein schien. Es sah aus, als wollte er die Italiener mit den Augen verschlingen; seine Nasenflügel bebten und weiteten sich ganz auffallend. Charley stand am Ruder und bediente gleichzeitig die Großschot; doch obwohl er dabei so behende und flink wie eine Katze war, konnte der Grieche seine Ungeduld kaum zügeln.

Die Italiener waren von der Küste abgeschnitten, die Entfernung dorthin betrug auch zum nächstgelegenen Punkt noch über eine Meile. Sollten sie dennoch versuchen, in dieser Richtung zu fliehen, könnten wir mit halbem Wind schnelle Fahrt laufen und sie einholen, noch bevor sie auch nur ein Achtel der Entfernung zurückgelegt hätten. Doch sie waren nicht so dumm, einen solchen Versuch zu wagen, sondern bemühten sich eifrig, mit kräftigen Riemenschlägen gegen den Wind an die Steuerbordseite eines großen Segelschiffes, der »Lancashire Queen«, zu gelangen. Doch auch vor dem Bug des Schiffes dehnte sich eine offene Wasserfläche von zwei vollen Seemeilen bis hin zum Ufer. Diese Entfernung zu überwinden, schienen sie sich ebenfalls nicht zuzutrauen, zumal es uns Gelegenheit gegeben hätte, sie schon nach kurzer Zeit auszusegeln. So blieb ihnen, als sie den Bug der »Lancashire Queen« erreicht hatten, nichts anderes übrig, als um ihn herumzubiegen und an der Backbordseite entlang zum Heck zu pullen. Dort aber liefen sie in Lee, was wiederum für uns von großem Vorteil war.

Wir segelten mit unserem Lachsboot hart am Wind, machten eine Wende und liefen am Bug des Schiffes vorbei. Dann gab Charley hart Ruder und steuerte an der Backbordseite des Schiffes entlang. Unser Grieche fierte die Schot und grinste vor Schadenfreude. Die Italiener hatten inzwischen die halbe Schiffslänge geschafft; aber die steife achterliche Brise trieb uns schneller voran, als sie pullen konnten. Wir kamen ihnen näher und immer näher; ich hatte mich vorn auf den Bauch gelegt, und als wir so dicht aufgeholt hatten, daß ich nur den Arm auszurecken und nach ihrem Boot zu greifen brauchte, um sie festzuhalten – da verschwand es blitzschnell unter dem ausladenden Heck der »Lancashire Queen«.

Nun waren wir also genau wieder an dem Punkt angelangt, wo die Jagd begonnen hatte. Die Italiener pullten an der Steuerbordseite entlang; wir knüppelten mit dichtgeholten Schoten gegen den Wind und entfernten uns dabei langsam von dem Schiff. Dann wendeten sie pfeilschnell und liefen wieder an der Backbordseite zurück. Wir konnten nach ein paar Kreuzschlägen ebenfalls auf den Bug zuhalten und dann mit achterlichem Wind in voller Fahrt hinter ihnen herbrausen. Doch genau im gleichen Augenblick wie beim erstenmal verschwanden sie wieder unter dem Achtersteven des Schiffes, und ich konnte sie wieder nicht rechtzeitig erwischen. So ging es weiter, immer noch einmal herum, und jedesmal konnte sich das Boot gerade noch in letzter Sekunde unter dem Heck in Sicherheit bringen.

Es dauerte natürlich nicht lange, bis die Mannschaft des Schiffes entdeckt hatte, was sich da unten abspielte; eine Menge Köpfe beugte sich über die Reling und sah uns von oben zu. Jedesmal, wenn wir das Boot unter dem Heck verfehlten, schrien sie wild »hurra« und eilten auf die andere Seite der »Lancashire Queen«, um die Ereignisse auf dem Kreuzschlag zu verfolgen. Sie ließen ganze Serien von Späßen und Ratschlägen auf uns niederprasseln und machten unseren Griechen damit so ärgerlich, daß er schließlich bei jeder Runde wütend mit der Faust zu ihnen hinaufdrohte.

Sie schienen jedesmal ganz besonders darauf zu warten und begrüßten dieses Schauspiel immer wieder mit brüllendem Gelächter.

»Was'n Zirkus!« schrie einer.

»Mann, 'ne Rennbahn uff See! Ich wer' verrückt! Wenn das keene is', was'n sonst?« brüllte ein zweiter.

»'n Sechstagerennen, Mann, un' alleen für uns«, grölte ein dritter. »Wer sagt'n, daß nich' de Makkaronis gewinn' wer'n?«

Bei der nächsten Kreuz machte unser Grieche den Vorschlag, mit Charley den Platz zu tauschen.

»Laß mich segeln diese meine Boot«, sagte er. »Ich kriegen die, ich fangen die, bestimmt!«

Das ging ganz entschieden gegen Charleys Berufsehre, auf die er gewöhnlich noch mehr gab als auf seine seglerischen Fähigkeiten; trotzdem überließ er unserem Gefangenen die Pinne und nahm dessen Platz an der Schot ein. Noch dreimal machten wir die Runde; und dann mußte der Grieche zugeben, daß auch er aus seinem Boot nicht ein bißchen mehr an Geschwindigkeit herausholen konnte als Charley.

»Am besten, ihr gebt's auf!« riet uns ein Matrose von oben

Unser Grieche warf wilde, finstere Blicke um sich und schüttelte seine Faust auf die schon gewohnte Weise. Inzwischen hatte ich mir eifrig den Kopf zerbrochen und war schließlich auf eine Idee gekommen.

»Macht weiter, Charley, nur noch ein einziges Mal!« sagte ich.

Als wir also noch einmal kreuzten, befestigte ich den Tampen einer Leine an einem Enterhaken, den ich in der Bilge gefunden hatte; den anderen Tampen belegte ich an einem Ringbolzen im Bug. Ich hielt den Enterhaken gut verborgen und wartete auf die nächste günstige Gelegenheit, um meinen Plan auszuführen. Noch einmal pullten die Italiener an der Backbordseite der »Lancashire Queen« entlang, und noch einmal schäumten wir vor dem Wind wild hinter ihnen her. Wieder kamen wir näher und näher an sie heran. Jetzt war das Heck des Bootes nur noch gut anderthalb Meter von mir entfernt, die Italiener lachten mich höhnisch aus und verschwanden wieder unter dem Achtersteven. Ich hatte so getan, als wollte ich wieder nach ihnen greifen; doch in diesem Augenblick sprang ich auf und warf den Enterhaken. Ich hatte haargenau getroffen, er blieb fest und sicher an ihrem Waschbord hängen! Als sich die Leine straffte, weil wir weiter mit dem Wind davonjagten, wurde das Boot mit einem Ruck aus seinem sicheren Unterschlupf hervorgerissen.

Über uns erhob sich lautes Murren, das sich aber leider schnell wieder in Freudengeschrei verwandelte, als einer der Italiener plötzlich seinen langen Dolch hervorzog und damit unsere Leine kappte. Doch wir hatten sie wenigstens aus ihrer sicheren Dekkung herausgezogen, und Charley, der seinen Platz achtern an den Schoten gehabt hatte, konnte gerade noch hinüberlangen und das Heck des Bootes zu fassen bekommen. Alles spielte sich in Windeseile ab: Der erste Italiener kappte die Leine, Charley bekam das Boot zu fassen – da versetzte ihm der zweite Italiener mit einem Riemenblatt einen Schlag auf den Kopf. Charley verlor den Halt und stürzte betäubt ins Boot zurück. Die Italiener aber legten sich mit aller Kraft in die Riemen und entkamen wieder unter das Heck das Segelschiffes.

Der Grieche übernahm nun beides, Pinne und Schoten, und setzte die Verfolgung rund um die »Lancashire Queen« fort, während ich mich um Charley bemühte, auf dessen Kopf eine häßliche Beule immer größer wurde. Unser Publikum war außer sich vor Vergnügen und ermunterte einstimmig die fliehenden Italiener. Charley setzte sich wieder auf, stützte seinen Kopf in die Hand und sah verstört um sich.

»Die sollen uns jetzt um keinen Preis entwischen«, sagte er dann und zog seinen Revolver.

Bei der nächsten Runde drohte er den Italienern mit der

Waffe; aber die pullten, ohne von ihm weiter Notiz zu nehmen, gleichmütig drauflos wie bisher und ließen sich nicht einmal aus dem Takt bringen.

»Wenn ihr nicht sofort stoppt, schieße ich!« rief Charley warnend.

Doch er machte auf sie auch damit keinen Eindruck; weder gelang es ihm, ihnen Angst einzujagen noch sie zum Aufgeben zu zwingen, als er ihnen ein paar Kugeln hinterherschickte. Sie wußten genausogut wie wir, daß er niemals gezielt auf unbewaffnete Männer schießen würde; und deshalb blieben sie bei ihrer Taktik, wieder und wieder das Schiff zu umkreisen.

»Die kriegen wir trotzdem«, sagte Charley entschlossen. »Mal sehen, wer wohl länger durchhalten kann, die oder wir!«

Die wilde Jagd ging also weiter. Wir hetzten sie noch mindestens zwanzigmal um die »Lancashire Queen«.

Schließlich begann die Kraft ihrer stählernen Muskeln nachzulassen, sie wirkten ausgepumpt. Wahrscheinlich wäre es nur noch eine Frage von wenigen Runden gewesen, wenn das Spiel nicht plötzlich eine andere Wendung genommen hätte. Während der Kreuzstrecke hatten die Italiener stets einen so großen Vorsprung herausholen können, daß sie jedesmal auf der Leeseite bereits die halbe Schiffslänge geschafft hatten, wenn wir erst hinter dem Bug hervorkamen. Als wir nun, bei diesem letzten Mal, um das Vorschiff bogen, mußten wir mitansehen, wie sie über ein Fallreep, das vom Schiff heruntergelassen worden war, in höchster Eile entkamen. Das war ihnen nach einem anscheinend wohlüberlegten Plan der Matrosen geglückt, und der Kapitän des Schiffes schien es offensichtlich zu billigen; denn als wir dort ankamen, wo sich das Fallreep befunden hatte, war es bereits hochgeholt worden, und auch das Boot der Italiener befand sich nicht mehr in Reichweite, sondern schaukelte an den Davits des Schiffes.

Die nun folgende Verhandlung mit dem Kapitän war kurz und bündig: Er verbot uns strikt, an Bord der »Lancashire Queen« zu kommen, und genauso strikt lehnte er es ab, uns die beiden Männer auszuliefern. Alles zusammen hatte Charley genauso in Wut gebracht wie unseren Griechen. Er hatte nicht nur nach einer langen und lächerlichen Hetzjagd eine Schlappe erlitten, sondern war auch von einem der entkommenen Italiener niedergeschlagen worden, so daß er bewußtlos ins Boot gestürzt war.

»Darauf könnt ihr Gift nehmen«, sagte er grimmig und schlug

sich mit der Faust aufs Knie, »darauf könnt ihr Gift nehmen, daß mir die zwei nicht entkommen werden! Ich werde sie kriegen, und wenn es mich mein Leben kosten sollte, das verspreche ich euch. Oder ich will nicht mehr Charley Le Grant heißen!«

Damit begann die Belagerung der »Lancashire Queen«, eine Belagerung, die als bemerkenswert in die Geschichte sowohl der Fischereischutzpatrouille als auch der Fischer eingegangen ist. Als die »Reindeer« nach ergebnisloser Verfolgung der Alsenfischer-Flotte zu uns stieß, bat Charley Neil Partington, uns sein eigenes Boot mit Schlafdecken, Proviant und dem Holzkohleofen herauszuschicken. Bei Sonnenuntergang tauschten wir die Boote. Wir verabschiedeten uns von unserem Griechen, der sich nun notgedrungen mit nach Benicia begeben mußte, wo er für sein Vergehen gegen das Fischereischutzgesetz eingesperrt werden würde. Nach dem Abendbrot gingen Charley und ich bis zum Morgengrauen abwechselnd je vier Stunden Wache. In dieser Nacht unternahmen die beiden Italiener keinen Versuch zu entkommen, obwohl vom Schiff ein Boot losgeschickt wurde, das die Küste auskundschaften sollte.

Am nächsten Tag wurde uns klar, daß es eine langwierige Belagerung zu werden versprach. Wir überdachten unsere verschiedenen Pläne noch einmal in aller Gründlichkeit und ließen dabei auch unseren eigenen Komfort nicht außer acht. Deshalb wählten wir den als Solano-Brücke bekannten Anleger am Ufer von Benicia als Stützpunkt. Zufällig ergab es sich, daß die »Lancashire Queen«, das Ufer bei Turners Schiffswerft und die Solano-Brücke die Ecken eines großen gleichseitigen Dreiecks bildeten. Die Strecke vom Schiff zum Ufer, also jene Seite des Dreiecks, auf welcher die Italiener zu entkommen versuchen würden, war genauso lang wie die Entfernung von der Solano-Brücke zum Ufer, also wie jene Seite des Dreiecks, die wir zurückzulegen hätten, wenn wir vor den Italienern das Ufer erreichen wollten. Weil wir jedoch weit schneller segeln konnten, als sie zu rudern vermochten, würden wir erst loszusegeln brauchen, wenn sie etwa die Hälfte ihrer Strecke geschafft hätten. Würden wir ihnen aber mehr als die Hälfte Vorsprung geben, dann könnten sie mit Sicherheit vor uns das Ufer erreichen; und sollten wir ablegen, bevor sie die Hälfte hinter sich hätten, dann könnten sie wieder zu ihrem sicheren Schiff zurückkehren, bevor wir dort wären.

Wir machten die Entdeckung, daß eine gedachte Linie von der Brückennock zu der ein wenig entfernt vom Ufer liegenden

Windmühle die Seite des Dreiecks, auf welcher die Italiener fliehen mußten, um an Land zu gelangen, genau in zwei gleich lange Strecken teilte. Mit Hilfe dieser gedachten Linie konnten wir leicht feststellen, wie weit wir sie kommen lassen durften, bevor wir selbst ablegen mußten. Tag für Tag beobachteten wir nun durch unsere Gläser, wie sie in aller Ruhe auf diesen Punkt zuruderten, der die Hälfte ihrer Dreiecksseite markierte. Sobald sie sich dann fast in einer Linie mit der Windmühle befanden, sprangen wir in unser Boot und setzten Segel. Im selben Augenblick, in dem sie dann unsere Vorbereitungen bemerkten, wendeten sie und ruderten in der Gewißheit, daß wir sie nicht einholen konnten, langsam zur »Lancashire Queen« zurück.

Bei Flautenwetter konnten wir mit unserem schweren Lachsboot nichts ausrichten, deshalb benutzten wir dann ein leichtes Ruderboot, das mit Skulls ausgerüstet war. Gab es einmal keinen Wind, dann mußten wir natürlich zum selben Zeitpunkt von der Brücke wie sie vom Schiff losrudern. Außerdem waren wir gezwungen, nachts in unmittelbarer Nähe des Schiffes aufzupassen, was wir auch taten. Charley und ich lösten uns alle vier Stunden ab, wenn wir dort langsam unsere Runden drehten. Doch unsere Nachtwachen blieben ohne besondere Ergebnisse, weil die Italiener für ihre Fluchtversuche den Tag bevorzugten.

»Was mich ganz verrückt machen kann«, sagte Charley, »das ist der Gedanke, daß wir auf unsere warmen Betten verzichten müssen, während diese Gauner jede Nacht friedlich schnarchen können. Aber das werden sie mir noch büßen«, drohte er. »Ich werde sie so lange auf das Schiff zurückscheuchen, bis der Käpt'n sie eines schönen Tages selbst von Bord weisen wird. Das ist so sicher wie das Amen in der Kirche.«

Unsere Aufgabe war wirklich keine reine Freude. Solange wir Nachtwachen gingen, konnten sie uns nicht entkommen; doch solange auch sie auf der Hut blieben, würde es uns ebenfalls nicht gelingen, sie zu erwischen. Charley zermarterte sich unermüdlich den Kopf, aber es wollte sich keine seiner guten Ideen einstellen. Zweifellos brauchten wir, um unsere Aufgabe zu lösen, weiter nichts zu tun als zu warten; das Ganze war ein Geduldspiel: Wer am längsten warten konnte, der würde gewinnen. Um uns noch mehr zu irritieren, vereinbarten die Italiener mit ihren Freunden einen Kode, mit dem sie ihnen Signale vom Ufer her übermittelten. Deshalb konnten wir uns während der Belagerung nicht einen Augenblick Ruhe gönnen. Außerdem lungerten ständig ein oder zwei verdächtig aussehende Gestalten auf der Solano-Brücke herum und beobachteten uns genau. Wir aber konnten nichts weiter tun, als gute Miene zum bösen Spiel zu machen, wie Charley sagte. Wir mußten es mit Fassung tragen, daß unsere ganze Zeit davon in Anspruch genommen wurde und daß es uns von allen anderen Aufgaben fernhielt.

Die Tage vergingen, die Situation aber blieb, wie sie war; was aber nicht bedeutet, daß keine Versuche unternommen wurden, sie zu ändern. Eines Nachts zum Beispiel kamen Freunde der Italiener in einem Boot von der Küste, und zwar in der Absicht, uns abzulenken, während die beiden Italiener zu flüchten versuchten. Daß es ihnen nicht gelang, hatten wir nur dem Umstand zu verdanken, daß die Bootsdavits auf dem Schiff etwas Öl gebraucht hätten. Wir gaben die Vorfolgung des fremden Bootes sofort auf, als wir das Quietschen der Bootstaljen hörten, und erreichten die »Lancashire Queen« noch im rechten Augenblick, nämlich als die Italiener gerade dabei waren, ihr Boot zu Wasser zu bringen. In einer anderen Nacht ruderte in der Dunkelheit mindestens ein halbes Dutzend Boote um uns herum; aber wir hielten uns wie die Blutegel an der Bordwand des Schiffes fest und vereitelten ihren Plan, bis sie schließlich ärgerlich wurden und uns wütend beschimpften. Charley lachte auf dem Boden des Bootes still in sich hinein.

»Ist ein gutes Zeichen, mein Junge«, sagte er zu mir. »Wenn Männer zu schimpfen anfangen, dann kannst du sicher sein, daß sie allmählich die Geduld verlieren. Und sobald sie die Geduld verloren haben, verlieren sie meistens auch bald den Kopf. Merk dir meine Worte: Wir brauchen nur durchzuhalten, dann werden sie eines schönen Tages einen Fehler machen, und dann haben wir sie.«

Aber sie machten keinen Fehler, und Charley mußte zugeben, daß dies ein Fall war, bei dem alle Anzeichen bisher trogen. Sie schienen genausoviel Geduld zu haben wie wir, und auch die zweite Woche unserer Belagerung zog sich eintönig in die Länge. Dann hatte Charley plötzlich den Einfall, eine List anzuwenden. Ein neuer Patrouillenmann, Peter Boyelen, der den Fischern noch unbekannt war, kam zufällig gerade jetzt in Benicia an, und wir weihten ihn in unseren Plan ein. Wir taten es so heimlich wie nur möglich; aber die Italiener an Land bekamen trotzdem auf fast unerklärliche Weise Wind von der Sache und konnten ihre belagerten Freunde warnen, die Augen offenzuhalten.

In der Nacht, als wir unsere List in die Tat umsetzen wollten, bezogen Charley und ich mit unserem Boot die übliche Stellung an der Bordwand der »Lancashire Queen«. Als es stockfinster war, kam Peter Boyelen in einem von diesen verrückten Entenbooten heraus; diese Jagdboote sind so leicht, daß man sie einfach hochheben und unter dem Arm wegtragen kann. Als wir ihn leise heranpaddeln hörten, ließen wir uns so geräuschlos wie möglich ein kleines Stück in die Dunkelheit zurücktreiben und verharrten dort, über unsere Ruder gebeugt. In munterem Ton rief er zuerst die Ankerwache auf der »Lancashire Queen« an und fragte nach der Richtung, in welcher ein anderes Weizenschiff, die »Scottish Chiefs« liegen sollte; und dann brachte er, wie zufällig, direkt am Fallreep sein Boot zum Kentern. Der Mann, der gerade Ankerwache hatte, ließ das Fallreep hinunter und zog ihn aus dem Wasser. Das war genau das, was Peter Boyelen gewollt hatte, nämlich an Bord des Schiffes zu kommen. Nun, so hatte er gehofft, würden sie ihn an Deck holen und ihn dann mit nach unten nehmen, damit er sich wieder aufwärmen und seine Sachen trocknen konnte. Doch der Kapitän erwies sich keineswegs als menschenfreundlich, sondern ließ ihn auf der untersten Sprosse des Fallreeps sitzen. Dort saß er nun, seine Füße baumelten ins Wasser, und er zitterte bald so sehr vor Kälte, daß wir schließlich vor lauter Mitleid aus dem Schutz der Dunkelheit zu ihm hinruderten und ihn aufnahmen. Die Witze und Sticheleien der aufgewachten Besatzung klangen nicht gerade angenehm in unseren Ohren; sogar die beiden Italiener waren auf die Reling geklettert und lachten ausgiebig und höhnisch zu uns herunter.

»Ist schon gut so«, sagte Charley so leise, daß nur ich es hören konnte. »Ich bin nur froh, daß nicht wir diejenigen sind, die zuerst lachen. Wir sparen uns das für zuletzt, was, mein Junge?«

Danach klopfte er mir auf die Schulter; aber ich hatte doch den Eindruck, daß mehr der Wunsch als der Glaube der Vater des Gedankens gewesen war.

Wir hätten durchaus die Möglichkeit gehabt, uns um Beistand an die Justiz zu wenden. Wir hätten dann, mit der Autorität der Behörde im Rücken, das englische Schiff betreten können. Doch wir waren von der Fischereischutzbehörde angewiesen worden, Komplikationen tunlichst zu vermeiden; und hätten wir uns in diesem Fall an eine höhere Regierungsstelle gewandt, hätte das unter Umständen zu einer ganz hübschen diplomatischen Verwicklung ausarten können.

Schon ging die zweite Belagerungswoche ihrem Ende zu, und es gab immer noch keine Anzeichen dafür, daß sich die Lage in absehbarer Zeit ändern könnte. Doch der Morgen des vierzehnten Tages brachte endlich die Wende, und zwar auf sehr ungewöhnliche Weise. Alles entwickelte sich nicht nur für uns ganz unerwartet und überraschend, sondern ebenso für die beiden Italiener, die wir unbedingt festnehmen wollten.

Nach einer unserer üblichen Nachtwachen in der Nähe der »Lancashire Queen« ruderten Charley und ich wieder zu der Solano-Brücke zurück.

»Hallo!« rief Charley erstaunt aus. »Heilige Justitia, was ist denn das? Hast du schon jemals so ein verrücktes Schiff gesehen?«

Er hatte auch wirklich allen Grund, sich so zu ereifern; denn am Anleger hatte die seltsamste Dampfyacht festgemacht, die ich je gesehen hatte. Man konnte das Schiff nicht eigentlich als Yacht bezeichnen; aber es sah einer Yacht ähnlicher als jeder anderen Bootsart. Das Boot war etwa 20 m lang, aber dabei so schmal und so bar aller Aufbauten, daß es viel kleiner wirkte, als es tatsächlich war; es war ganz aus Stahl gebaut und hatte einen schwarzen Anstrich. Mittschiffs ragten, in regelmäßigem Abstand aufgereiht, drei nach achtern geneigte Schornsteine auf. An dem schräg vorspringenden Bug, der scharf wie ein Rasiermesser wirkte, konnte man erkennen, daß das Boot für hohe Geschwindigkeiten gebaut worden war. Als wir an seinem Heck vorbeiliefen, konnten wir den Namen »Streak«, also »Blitz«, lesen, der dort in kleinen weißen Buchstaben gemalt war.

Charley und ich wurden augenblicklich von einer so großen Neugierde gepackt, daß wir bereits nach wenigen Minuten an Bord waren und den Maschinisten, der vom Deck aus den Sonnenaufgang betrachtete, in ein eifriges Gespräch verwickelt hatten. Er ging sehr bereitwillig auf unsere wißbegierigen Fragen ein; und schon nach kurzer Zeit hatte er uns erzählt, daß die »Streak« von San Francisco kam und nach Einbruch der Dunkelheit eingelaufen sei, daß es gewissermaßen ihre Jungfernfahrt sei und daß ihr Eigner Silas Tate hieße und ein junger Bergwerksmillionär aus Kalifornien wäre, dessen Liebhaberei sehr schnelle Yachten seien. Das Gespräch drehte sich um Turbinenantriebe und die direkte Ausnutzung des Dampfs, um ohne Kolben, Pleuelstangen und Kurbelwellen auszukommen – alles Dinge, von denen ich fast nichts verstand, weil ich ausschließlich mit der Segelei vertraut war. Doch die letzten Worte des Maschinisten hatten auch mich aufhorchen lassen:

»Viertausend Pferdestärken und fünfundvierzig Knoten, das können Sie mir glauben«, hatte er abschließend stolz gesagt.

»Sagen Sie das noch einmal, Mann! Sagen Sie das noch einmal!« rief Charley mit aufgeregter Stimme.

»Viertausend Pferdestärken und fünfundvierzig Meilen pro Stunde«, wiederholte der Maschinist bereitwillig und schmunzelnd.

»Wo ist der Eigner?« war Charleys nächste Frage. »Könnte ich ihn vielleicht mal sprechen?«

Der Maschinist schüttelte den Kopf. »Nein, ich fürchte, nein. Er schläft noch, müssen Sie wissen.«

In diesem Augenblick kam weiter achtern ein junger Herr in einer blauen Uniform an Deck und blieb dort stehen, um ebenfalls den Sonnenaufgang zu beobachten.

»Dort ist er, das ist er, das ist Mr. Tate«, sagte der Maschinist.

Charley ging nach achtern und sprach ihn an, und während er eifrig auf ihn einredete, hörte ihm der junge Mann mit amüsiertem Gesichtsausdruck zu. Er hatte sich wohl soeben nach der Wassertiefe in der Nähe von Turners Schiffswerft erkundigt, denn ich sah, daß Charley ihm gestenreich Auskunft gab. Ein paar Minuten später kam Charley, strahlend vor Freude, zu uns zurück.

»Komm, mein Junge«, sagte er zu mir, »auf die Pier mit dir! Nu hab'n wir ihr!«

Wir hatten großes Glück, weil einer der herumspionierenden Fischersleute erst wieder auftauchte, als wir die »Streak« schon längst verlassen hatten. Charley und ich setzten uns auf die gewohnten Plätze, genau über unserem eigenen Boot und ein Stück vor dem Liegeplatz der »Streak«. Von dort aus konnten wir die »Lancashire Queen« bequem beobachten. Bis neun Uhr ereignete sich nichts; doch dann sahen wir, daß die Italiener das Schiff verließen und mit ihrem Boot auf ihrer Dreiecksseite auf die Küste zu pullten. Charley machte ein betont gleichgültiges Gesicht; aber noch bevor sie ein Viertel der Entfernung zurückgelegt hatten, flüsterte er mir zu:

»Fünfundvierzig Meilen in einer Stunde – nun kann sie nichts mehr retten –, nun haben wir sie!«

Die Männer ruderten bedächtig, bis sie sich fast in einer Linie mit der Windmühle befanden. Das war bisher stets der Augenblick gewesen, in dem wir in unser Boot gesprungen waren und

Segel gesetzt hatten. Offensichtlich hatten die beiden das wieder erwartet, denn sie schienen erstaunt zu sein, daß wir dazu keine Anstalten machten.

Als sie sich dann genau mit der Windmühle in einer Linie befanden, also in gleicher Entfernung sowohl zur Küste wie zum rettenden Schiff und sogar näher der Küste zu, als wir sie je zuvor hatten kommen lassen, da schien ihnen das ganze ziemlich verdächtig vorzukommen. Wir beobachteten sie durch unsere Ferngläser: Sie standen aufrecht in ihrem Boot, um besser sehen zu können, was wir wohl unternehmen wollten. Der Posten, der in unserer Nähe auf dem Anleger hockte, schien sich gleichfalls den Kopf zu zerbrechen. Er konnte sich aus unserer Untätigkeit keinen Reim machen. Sie ruderten noch ein Stück weiter auf das Ufer zu, standen dann aber wieder auf und spähten aufmerksam die Küste entlang, als wenn sie vermuteten, wir könnten uns dort irgendwo verborgen halten. Doch da kam ein Mann an den Strand gelaufen und winkte mit einem Taschentuch zum Zeichen, daß an der Küste alles in Ordnung sei. Das schien sie zu beruhigen. Sie beugten sich über ihre Riemen und reesten los. Charley aber wartete noch immer. Erst als sie bereits drei Viertel der Entfernung von der »Lancashire Queen« zum Ufer zurückgelegt und nur noch eine knappe Meile vor sich hatten, gab mir Charley einen Klaps auf die Schulter und rief:

»Nun haben wir sie! Nun haben wir sie!«

Mit wenigen Schritten waren wir neben der »Streak« und sprangen an Bord. Im Nu waren die Vor- und Achterleinen losgeworfen, die Yacht legte von der Brücke ab und schoß davon. Der Beobachter, den wir auf der Pier zurückgelassen hatten, zog seinen Revolver und feuerte in schneller Folge fünf Schüsse in die Luft. Die Männer im Boot reagierten sofort auf diese Warnung, denn wir konnten sehen, daß sie wie wild zu pullen begannen.

Aber wenn sie schon wie verrückt pullten, dann frage ich mich, mit welchem Ausdruck ich unser eigenes Vorankommen beschreiben könnte. Wir flogen förmlich vorwärts. Wir durchschnitten mit einer so unglaublichen Geschwindigkeit das Wasser, daß zu beiden Seiten des Bugs eine gewaltige See aufgeworfen wurde, die als eine Reihe von drei hohen stehenden Wellen nach achtern brauste, wo eine große schäumende Hecksee beständig aufgetürmt hinter uns herlief, als wolle sie sich jeden Augenblick auf uns stürzen und uns unter sich begraben. Die »Streak« bebte und vibrierte und dröhnte, als wäre sie lebendig.

Unser Fahrtwind von 45 kn glich einem Sturm von Windstärke 9 bis 10; wir konnten ihm kaum standhalten, er nahm uns so sehr den Atem, daß wir ein Gefühl bekamen, als würden wir gewürgt oder müßten ersticken. Er fegte den Rauch in horizontaler Richtung von den Schornsteinen weg. Wir waren in der Tat genauso schnell wie ein Schnellzug. »Wir liefen wie ein geölter Blitz«, so drückte sich Charley aus, wenn er später davon erzählte; und ich muß sagen, daß seine Beschreibung zutreffender ist als jede, die ich mir ausdenken könnte.

Doch nun zu den Italienern in ihrem Boot. Kaum hatten wir abgelegt, da waren sie schon in unserer Gewalt – so kam es mir jedenfalls vor. Wir mußten selbstverständlich schon lange, bevor wir sie erreicht hatten, mit der Fahrt heruntergehen; aber auch dann noch schossen wir wie ein Wirbelwind an ihnen vorbei, mußten zwischen ihnen und dem Ufer eine Runde drehen und wieder ein Stück zurücklaufen. Sie waren mit äußerster Anstrengung weitergepullt und hatten sich bei jedem Schlag von den Duchten erhoben – bis wir an ihnen vorbeigingen und sie Charley und mich erkannten. Das ließ auch den letzten Rest Kampfgeist in ihnen erlahmen. Sie zogen die Riemen ein und gaben sich mürrisch geschlagen.

»Nun, Charley«, sagte Neil Partington zu ihm, als wir später auf der Pier darüber sprachen, »mir ist nicht klar, wo du diesmal eine deiner vielgepriesenen Ideen ins Spiel gebracht haben willst.«

Doch Charley blieb seinem Lieblingsthema treu. »Keine gute Idee?« fragte er und deutete dabei auf die »Streak«. »Sieh sie dir an, dann weißt du Bescheid! Wenn diese Erfindung keine gute Idee war, dann möchte ich gern wissen, was sonst.«

»Zugegeben«, fügte er hinzu, »das dort ist zwar die Idee von 'nem anderen Kerl, nicht meine. Aber Idee bleibt Idee – egal, von wem, und Hauptsache, sie hatte Erfolg.«

Charleys »Coup«

In dieser Geschichte will ich von jener Unternehmung berichten, die zwar allen den meisten Stoff zum Lachen bot, die aber gleichzeitig auch unser gefährlichstes Abenteuer bei der Fischereischutzpatrouille war. Es gelang uns dabei, auf einen Schlag genau zwanzig wütende Fischer im Schlepp in Arrest zu bringen. Charley nannte es seinen »Coup«. Das Wort hatte er wohl von Neil Partington aufgeschnappt; aber ich bin sicher, daß er die Bedeutung dieses Wortes gar nicht kannte und glaubte, es hieße soviel wie »Fang« oder »Beute«. Der Fischer werden es bestimmt ihr eigenes Waterloo genannt haben. Denn es war der härteste Schlag, den sie je von uns einstecken mußten, seit sie damit begonnen hatten, die Patrouillenleute in aller Öffentlichkeit damit herauszufordern, daß sie die Fischereischutzbestimmungen mißachteten.

Während der gesetzlich zugelassenen Fangsaison war es den Fischern erlaubt, soviel Lachs zu fangen, wie das Glück ihnen bescherte und soviel ihre Boote fassen konnten. Allerdings mit einer wichtigen Einschränkung: Von Sonnenuntergang am Sonnabendabend bis zum Sonnenaufgang am Montagmorgen war das Fischen verboten. Diese sehr vorsorgliche Anordnung der Fischereibehörde war nötig, um wenigstens einer Anzahl Lachsen zur Laichzeit die Gelegenheit zu lassen, den Fluß hinaufzusteigen und dort abzulaichen. Dieses Gesetz war bisher auch bis auf ganz wenige Übertretungen von allen griechischen Fischern respektiert worden, die ihren Lachsfang entweder an Konservenfabriken oder auf dem Markt zu verkaufen pflegten.

Eines Sonntagmorgens wurde Charley von einem Freund aus Collinsville angerufen, der ihm berichtete, daß sämtliche Fischer mit ihren Netzen draußen wären. Charley und ich eilten sofort zu unserem Boot und liefen aus, um uns an Ort und Stelle selbst davon zu überzeugen. Mit leichtem achterlichem Wind segelten wir durch die Carquinez-Straße, überquerten die Suisun-Bay, passierten das Feuer von Ship Island und stießen dann tatsächlich auf die ganze Flotte, die eifrig bei der Arbeit war.

Doch ich will zuerst die Methode beschreiben, nach der sie zu arbeiten pflegten. Die von den Fischern benutzten Netze heißen Kiemennetze. Sie haben einfache rautenförmige Maschen, die mindestens 19 cm von Knoten zu Knoten messen müssen. Die Netze sind für gewöhnlich 150 bis 200 m, manchmal aber auch bis zu 250 m lang, doch stets nur einen halben bis einen Meter breit. Sie werden nicht fest ausgelegt, sondern treiben mit der Strömung; ihre Oberkante wird von Korkschwimmern an der Wasseroberfläche gehalten, die Unterkante von Bleigewichten abgesenkt.

Auf diese Weise senkrecht in der Strömung gehalten, versperren die Netze allen größeren Fischen den Weg, so daß es nur den kleineren gelingt, den Fluß hinaufzuschwimmen. Da Lachse die Eigentümlichkeit haben, dicht unter der Wasseroberfläche dahinzuziehen, stoßen sie dabei mit dem Kopf durch das Netz, können aber nicht hindurchkommen, weil ihr Körperumfang für diese Maschen viel zu groß ist; und zurück können sie auch nicht mehr, weil sich dabei die Kiemen in den Maschen verfangen. Um ein so großes Netz auszulegen, sind stets zwei Fischer erforderlich: einer, der das Boot rudert, während ein anderer im Heck steht und das Netz sorgfältig nach und nach ins Wasser gleiten läßt. Sobald die ganze Länge quer über den Strom ausgelegt ist, belegen die Männer ein Ende des Netzes an ihrem Boot und lassen sich langsam mit ihm zusammen von der Strömung treiben.

Als wir auf diese Flotte von Fischern stießen, die sich strafbar machten, weil sie die Gesetze nicht beachteten, sahen wir, daß sich ihre Boote und Netze, soweit das Auge reichte, über den ganzen Strom verteilten. Jedes Boot war von seinem Nachbarn ungefähr 200 bis 300 m entfernt. Charley sagte zu mir:

»Jetzt tut mir nur eins leid, mein Junge, nämlich, daß ich nicht tausend Arme habe, damit ich sie alle auf einmal verhaften kann. Denn wie die Lage nun einmal ist, wird es uns höchstens gelingen, ein einziges Boot aufzubringen; und während wir auf das eine Jagd machen, haben die anderen natürlich Zeit genug, die Netze aufzunehmen und zu verschwinden.«

Als wir ihnen näher kamen, stellten wir fest, daß sie nicht wie üblich bei unserem Erscheinen nervös und aufgeregt reagierten. Ganz im Gegenteil, jedes Boot blieb ruhig an einem Netz liegen, und die Fischer nahmen keine Notiz von uns.

»Das ist ja komisch«, murmelte Charley. »Wäre es vielleicht möglich, daß sie uns nicht erkennen?«

Ich meinte, daß das schon möglich wäre, und Charley stimmte zu. Doch wir hatten eine ganze Flotte vor uns, mit Fischern bemannt, die uns nur zu gut kannten; trotzdem nahmen sie nicht mehr Notiz von uns, als wenn wir ein Heuprahm oder eine Vergnügungsyacht gewesen wären.

Doch die Situation änderte sich, als wir uns über das erste Netz hermachten. Die Männer, denen das Netz gehörte, warfen ihr Boot los und ruderten langsam dem Ufer zu. Die übrigen ließen sich dadurch aber keineswegs aus ihrer Bärenruhe aufstören.

»Das ist ja zum Lachen!« meinte Charley. »Jedenfalls können wir aber erst mal dieses Netz beschlagnahmen.«

Wir holten das Segel nieder, nahmen ein Netzende hoch und begannen, es ins Boot zu hieven. Doch schon beim ersten Zug hörten wir eine Kugel hinter uns ins Wasser schlagen und gleich danach den leisen Knall eines Gewehrschusses. Die beiden Männer, die auf die Küste zu gerudert waren, hatten auf uns das Feuer eröffnet. Als wir trotzdem weiterarbeiteten, zischte eine zweite Kugel gefährlich nahe an uns vorbei. Charley hängte das Netz über einen Belegnagel und setzte sich. Das Schießen hörte augenblicklich auf; aber sobald wir wieder mit dem Aufholen begannen, fingen sie erneut zu schießen an.

»Das hat uns gerade noch gefehlt«, sagte Charley und warf das Ende des Netzes über Bord. »Ihr Burschen wollt es also hart auf hart – das sollt ihr haben!«

Wir ruderten zum nächsten Netz hinüber, weil Charley unbedingt herausfinden wollte, ob wir einer organisierten Kampfansage gegenüberstanden. Wie wir fast schon erwartet hatten, warfen auch diese beiden Fischer ihr Boot los und ruderten auf das Ufer zu. Inzwischen kamen die ersten zurückgepullt und machten wieder an ihrem Netz fest, das wir im Stich gelassen hatten. Beim zweiten Netz flogen uns ebenfalls die Kugeln um die Ohren, so daß wir auch dort gezwungen waren, unser Vorhaben aufzugeben. Wir versuchten unser Glück noch bei einem dritten, aber dort wiederholte sich dasselbe Manöver.

Nun waren wir im Bilde und gaben notgedrungen auf. Wir setzten Segel und mußten hart am Wind bis nach Benicia kreuzen. Eine ganze Reihe von Sonntagen zog ins Land, und an jedem wurden die Vorschriften beharrlich übertreten. Da wir nicht über bewaffnete Soldaten verfügten, konnten wir nichts unternehmen. Den Fischern war eben eine neue Idee gekommen, und die nutzten sie weidlich aus, zumal es für uns keinen Weg zu geben schien, um sie mit Erfolg daran zu hindern.

Neil Partington hatte sich für einige Wochen an der Lower Bay aufgehalten und kam nun überraschend zu uns herüber. Er brachte Nicholas mit, den griechischen Jungen, der uns bei der Razzia gegen die Austernräuber behilflich gewesen war, und die beiden boten uns ihre Hilfe an. Sorgfältig trafen wir unsere Vorbereitungen. Wir hatten den Plan gefaßt, daß Charley und ich die Netze angehen sollten, während sie sich am Ufer versteckt halten würden, um die Fischer zu überwältigen, die an Land gerudert kämen, um auf uns zu schießen.

Es war ein hübscher Plan, sogar Charley mußte das zugeben. Doch wir hatten unsere Rechnung ohne die Griechen gemacht. Sie vereitelten unseren schönen Plan, indem sie Neil und Nicholas aus dem Hinterhalt überfielen und gefangennahmen. Und wieder pfiffen uns Kugeln um die Ohren, als Charley und ich erneut versuchten, uns der Netze zu bemächtigen. Als sie uns zum zweitenmal in die Flucht geschlagen hatten, ließen sie Neil und Nicholas wieder frei. Beide waren ziemlich beschämt über diese Schlappe, und Charley lästerte auch noch undankbarerweise über sie. Doch Neil, auch nicht faul, gab es ihm zurück; er fragte ihn, warum ihm denn noch immer keine seiner berühmten Ideen gekommen wäre, um die schwierige Lage zu überwinden.

»Wartet nur, mir wird schon noch etwas einfallen«, versprach Charley hoffnungsvoll

»Höchstwahrscheinlich«, pflichtete ihm Neil bei. »Doch ich fürchte sehr, die Lachse werden vorher ausgerottet sein, und dann werden wir keine Verwendung mehr für deine Idee haben, wenn sie dir dann doch noch irgendwann kommen sollte.«

Neil Partington war sehr verärgert über sein Erlebnis; er machte sich wieder auf den Weg zur Lower Bay, nahm Nicholas mit, und wir beide waren nun wieder uns selbst überlassen. Auch die Sonntagsfischerei würde nun so lange sich selbst überlassen bleiben, bis irgendwann vielleicht eine von Charleys Ideen plötzlich daherkäme. Ich zerbrach mir genau wie er den Kopf, wie wir die Griechen mattsetzen könnten, und wir brachten gemeinsam tausenderlei Möglichkeiten aufs Tapet, die sich aber bei näherem Hinsehen als wertlos erwiesen.

Die Fischer dagegen befanden sich bei bester Laune, ihre Prahlereien machten flußauf, flußab die Runde und trugen dazu bei, daß wir uns zunehmend unbehaglicher fühlten. Überall bekamen wir zu spüren, daß bei ihnen in allen Schichten die Widerspenstigkeit wuchs. Wir waren geschlagen, dadurch hatten die Fischer den Respekt vor uns verloren. Mit dem Verlust des Ansehens aber wuchs auch die Geringschätzung: Charley nannten sie spöttisch das »alte Waschweib«, und ich wurde als »Hosenscheißer« eingestuft. Die Situation wurde immer unerträglicher; es war sonnenklar, daß wir uns endlich einen vernichtenden Schlag gegen die Griechen ausdenken mußten, um den altgewohnten Respekt zurückzugewinnen.

Eines schönen Morgens war dann die Idee da. Wir hatten uns auf den Weg zur Dampferanlegestelle gemacht, wo die Flußdampfer festzumachen pflegten. Dort stießen wir auf eine Gruppe von Hafenarbeitern und herumlungernden Nichtstuern, die sich vergnügt um einen jungen Burschen scharten, der ihnen von seinem unerhörten Pech berichtete. Er hatte verträumte Augen und trug lange Seestiefel an den Beinen. Er sagte, er sei eine Art Sportangler und fische nur für den Stadtmarkt von Berkeley. Berkeley lag allerdings ungefähr dreißig Meilen von hier entfernt an der Lower Bay!

In der vergangenen Nacht, so erzählte er, hätte er sein Netz ausgelegt und wäre dann auf dem Boden seines Bootes eingeschlafen.

Er sei erst am Morgen wieder aufgewacht, und als er die Augen aufmachte, da habe er plötzlich bemerkt, daß sich sein Boot ganz sacht an den Brückenpfählen des Dampferanlegers von Benicia scheuerte. Gleichzeitig habe er gesehen, daß der Flußdampfer »Apache« vor ihm lag und daß ein paar Matrosen sich eifrig mühten, die Fetzen seines Netzes vom Schaufelrad des Dampfers zu entfernen. Kurz und gut, als er sich schlafen gelegt hatte, müsse wohl seine Ankerlaterne ausgegangen sein, und die »Apache« hatte sein Netz überfahren. Doch obwohl dieses restlos zerfetzt wurde, hätten die Fetzen eigenartigerweise doch noch so fest zusammengehangen, daß er dadurch dreißig Meilen weit mitgeschleppt worden sei.

Charley puffte mich mit dem Ellenbogen in die Rippen. Ich begriff sofort, was er dachte, wandte aber ein:

»Aber wir können doch keinen Dampfer chartern!«

»Sag das nicht«, erwiderte er. »Laß uns mal zu Turners Schiffswerft rübergehen. Ich denke da an etwas ganz Bestimmtes, das könnte uns vielleicht helfen.«

Also marschierten wir zur Werft hinüber, wo Charley gleich auf die »Mary Rebecca« lossteuerte, die an einem etwas abseits gelegenen Platz an Land lag, wo sie überholt und ihr Unterwasserschiff gereinigt wurde. Wir beide kannten sie gut; sie war einer dieser schonergetakelten Frachtsegler mit einer Ladefähigkeit von hundertvierzig Tonnen; ihre Segelfläche war größer als bei jedem anderen Schoner in der Bucht.

»Schönen guten Tag, Ole«, so begrüßte Charley einen großen Schweden in blauem Hemd, der damit beschäftigt war, die Klau der Großgaffel mit einer Speckschwarte einzufetten.

Ole grunzte etwas Unverständliches, paffte weiter aus seiner Pfeife und ließ sich nicht bei der Arbeit stören. Für den Kapitän eines Schoners war es selbstverständlich, daß er genau wie seine Leute überall selbst mit Hand anlegte. Ole Ericsen bestätigte, was Charley vermutet hatte, daß nämlich die »Mary Rebecca« gleich nach dem Abslipen den San Joaquin flußaufwärts gehen sollte, um in der Nähe von Stockton eine Ladung Weizen zu übernehmen. Als Charley ihm seinen Vorschlag unterbreitete, schüttelte Ole Ericsen den Kopf.

»Nur einen Haken, einen einzigen, schönen, großen Haken«, versuchte Charley ihm zuzureden.

»Naain, gibt dieses nicht«, sagte Ole Ericsen. »Där ›Mary Rebecca‹ würdä mit däm Haken blaaiben fästhängen an jädä Krautbank. Ich will nicht värlieren maainä ›Mary Rebecca‹. Sie ist maain Alläs!«

»Nein, nein, sollst du ja auch gar nicht!« sagte Charley hastig. »Wir können den Haken von außen durch den Kiel stecken und von innen mit einer Mutter sichern. Wenn wir ihn hinterher nicht mehr brauchen, nun, dann steigt einer von uns in den Laderaum und schraubt die Mutter wieder ab, dann fällt der Haken ganz von selbst wieder raus. Wir schlagen dann einen hölzernen Zapfen in das Bohrloch, und die ›Mary Rebecca‹ ist wieder in Ordnung.«

Doch Ole Ericsen blieb eine ganze Weile halsstarrig; aber nachdem wir auch noch mit ihm zu Mittag gegessen hatten, willigte er schließlich ein.

»Also, haai Jupitär, ich tu äs!« sagte er und schlug mit der Faust auf den Tisch. »Abär ihr bäeilt euch mit däm Hakän! Där ›Mary Rebecca‹ kommt nämlich heutä abänd wiedär zu Wassär.«

Es war Sonnabend, deshalb hatte Charley allen Grund, sich zu beeilen. Wir machten uns schleunigst auf den Weg zur Grobschmiede der Werft. Dort wurde unter Charleys Anleitung ein schöngeschwungener Haken aus starkem Stahl angefertigt. Im Laufschritt ging es damit zur »Mary Rebecca« zurück. Direkt hinter dem großen Schwertkasten, also durch den eigentlichen Kiel, bohrten wir das Loch; dann wurde der Schaft des Hakens von unten hindurchgesteckt, und Charley zog von innen die

Mutter tüchtig fest. Als alles fertig war, stand der Haken gut dreißig Zentimeter vom Boden des Schoners ab. Seine Krümmung glich der einer Sichel, war nur ausladender.

Die »Mary Rebecca« wurde am späten Nachmittag abgeslipt. Weil sie schon am nächsten Morgen auslaufen sollte, wurden die letzten Vorbereitungen dafür getroffen. Charley und Ole beobachteten den Abendhimmel sehr genau und suchten nach Anzeichen für guten Wind; denn ohne eine günstige Brise wäre unser Vorhaben von vornherein zum Scheitern verurteilt gewesen. Schließlich kamen sie überein, daß nach ihrer Meinung alles auf einen steifen West hindeute – also nicht nur auf die übliche Seebrise, die nachmittags regelmäßig einzusetzen pflegte, sondern fast auf einen Starkwind, der schon jetzt aufzukommen schien.

Ihre Voraussagen bestätigten sich am nächsten Morgen. Die Sonne schien hell, doch der Wind brauste mit mehr als halber Sturmstärke durch die Carquinez-Straße. Als wir ablegten, trug die »Mary Rebecca« zwei Reffs im Großsegel und ein Reff im Focksegel. Es war sehr rauh in der Carquinez-Straße und der Suisun-Bay; doch je weiter wir in Landnähe kamen, um so ruhiger wurde das Wasser, ohne daß aber der Wind merklich schwächer wurde.

Als wir das Feuer von Ship Island passiert hatten, wurden die Reffs ausgeschüttet und auf Charleys Vorschlag das große Fischerstagsegel klar zum Setzen gemacht. Das Großmarssegel, das im Mars aufgetucht lag, wurde überprüft, damit es auf ein Zeichen hin sofort ausgerissen werden konnte.

Vor dem Wind, die Segel zu beiden Seiten ausgebaumt, das Focksegel nach Steuerbord, das Großsegel nach Backbord, liefen wir eine rauschende Fahrt, als wir auf die Flotte der Lachsfischer stießen. Da waren sie wieder mit ihren Booten und Netzen, wie an jenem Sonntag, als sie uns zum Narren gehalten hatten; und wieder hatten sie sich, soweit das Auge reichte, über den Fluß verteilt. Auf der rechten Seite des Fahrwassers hatten sie für die Dampfer eine schmale Durchfahrt freigelassen; aber sonst war der ganze übrige Fluß mit ihren weit ausgelegten Netzen versperrt. Normalerweise wäre die schmale Durchfahrt unsere eigentliche Richtung gewesen; doch Charley, der am Rad stand, steuerte die »Mary Rebecca« direkt über die Netze.

Das hatte aber unter den Fischern nicht die geringste Aufregung zur Folge, weil es üblich war, daß auf dem Fluß segelnde Fahrzeuge stets am Kiel mit Abweisern, sogenannten »Schuhen«, ausgerüstet waren, wodurch sie über die Netze hinweggleiten konnten, ohne sie zu beschädigen.

»Jetzt hat's gefaßt!« schrie Charley, als wir mitten über eine Leine mit Korkschwimmern jagten, die ein Netz anzeigten. Am einen Ende dieser Leine befand sich eine kleine Faßboje, am anderen Ende aber das Boot mit den beiden Fischern. Augenblicklich wurden Boje und Boot aufeinander zugezogen, und die Fischer begannen zu schreien, als wir sie mit uns rissen. Nur wenig später faßte unser Haken das nächste Netz, dann das dritte, und auf diese Weise setzten wir unsere Fahrt mitten durch die Flotte fort.

Bei den Fischern löste das ungeheure Bestürzung aus. Jedesmal, wenn wir wieder ein Netz aufgehakt hatten und es hinter uns herzuziehen begannen, schossen seine beiden Enden, Boje und Boot, aufeinander zu. Und weil so viele Bojen und Boote mit einer halsbrecherischen Geschwindigkeit zusammenkamen, hatten die Fischer alle Hände voll zu tun, um einen Zusammenprall zu vermeiden. Dabei schrien sie wie von Sinnen zu uns herüber, wir sollten in den Wind gehen; denn sie hielten es für einen Streich betrunkener Frachtsegler und hätten nicht im Traum daran gedacht, daß der Fischereischutz seine Hand im Spiel haben könnte.

Schon ein einziges Netz hinter sich herzuziehen bedeutete ein großes Hemmnis; deshalb kamen Charley und Ole Ericsen überein, daß sogar bei diesem Wind zehn Netze das höchste sein würden, das sie der »Mary Rebecca« als Schlepp zumuten konnten. Als wir also zehn Netze aufgehakt hatten und zehn Boote mit zwanzig Fischern hinter uns herzerrten, scherten wir nach Backbord aus und nahmen Kurs auf Collinsville

Vor Freude hätten wir jubeln können! Charley wirbelte das Rad herum, als wäre er dabei, eine Yacht, die in einer Regatta einen Pokal gewonnen hat, in ihren Heimathafen zu steuern. Die Besatzung der »Mary Rebecca«, die aus zwei Matrosen bestand, grinste und machte Späße. Ole Ericsen rieb sich mit kindlichem Vergnügen die Hände.

»Ich dankä euch, Leutä! War noch nie so glücklich wie heutä, wo ihr mit Olä Ericsän sägält«, hatte er gerade gesagt, als wir hinter uns den scharfen Knall eines Schusses hörten. Eine Kugel riß eine Furche in die frischgepönte Kajütwand, prallte an einem Nagel ab und verschwand mit schrillem Pfeifen als Querschläger irgendwohin.

Das war zuviel für Ole Ericsen! Angesichts seiner heißgeliebten und auf diese Weise verdorbenen Malarbeit sprang er auf und drohte mit hocherhobener Faust zu den Fischern hinüber. Doch schon kam eine zweite Kugel geflogen und bohrte sich, kaum fünfzehn Zentimeter von Ole Ericsens Kopf entfernt, in das Holz der Kajüte. Er ließ sich fallen und fand hinter dem Schanzkleid Schutz. Alle Fischer hatten Gewehre, und sie begannen, uns mit einem wahren Kugelhagel einzudecken. Wir waren alle gezwungen, in Deckung zu gehen – sogar Charley, der das Rad im Stich lassen mußte. Wir hatten es nur den an uns hängenden schweren Netzen zu verdanken, daß das Schiff nicht in den Wind schoß, was uns den aufgebrachten Fischern ausgeliefert hätte. Die Netze, die ziemlich weit nach achtern unter dem Boden der »Mary Rebecca« festhingen, hielten das Heck gegen den Wind, so daß sie weiter vorwärtspflügte, aber unberechenbarer als vorher. Während Charley auf dem Deck liegen mußte, konnte er nur die unteren Speichen des Rades erreichen; und obwohl er auch auf diese Weise einigermaßen Kurs halten konnte, war es doch nur ein Notbehelf. Ole Ericsen erinnerte sich zum Glück plötzlich, daß unten, im leeren Laderaum, noch eine große Stahlplatte lag. Sie war ursprünglich ein Stück der Außenhaut der »New Jersey« gewesen, die jenseits des Golden Gate Schiffbruch erlitten hatte und an deren Bergung die »Mary Rebecca« beteiligt gewesen war. Ich kroch mit Ole und den beiden Matrosen vorsichtig über Deck, und wir schafften es, gemeinsam die schwere Platte an Deck und nach achtern zu bringen, wo wir sie als Schild zwischen dem Rad und den Fischern aufrichteten. Die Geschosse knallten und krachten dagegen, bis sie sich überall wie Kuhaugen vorzuwölben begann; doch Charley ließ sich dadurch hinter seinem Schutzschild höchstens ein Grinsen entlocken, unbeeindruckt stand er weiter am Rad.

So preschten wir dahin, hinter uns ein kreischend fluchendes Tollhaus von wutentbrannten Griechen, vor uns Collinsville und rund um uns herum ein einziger Sprühregen vorbeizischender Kugeln.

»Ole«, sagte Charley mit leiser Stimme, »ich weiß nicht, was wir jetzt tun sollen.«

Ole Ericsen hatte dicht am Schanzkleid gelegen und grinsend zum Himmel hinaufgestarrt; jetzt drehte er sich auf die Seite und sah Charley an.

»Dachtä, wir wolltän wie besprochän nach Collinsville«, sagte er.

»Aber wir dürfen nicht stoppen«, gab Charley seufzend zu bedenken. »Daran hatte ich nicht gedacht, aber wir können wirklich nicht anlegen.«

Langsam breitete sich über Ole Ericsens offenes Gesicht ein Ausdruck der Bestürzung. Leider war es nur zu wahr: Wir schleppten ein Hornissennest hinter uns her, und in Collinsville anzulegen, das würde uns in die gleiche Lage bringen, als wenn wir in einem solchen Nest herumgestochert hätten.

»Jeder der Kerle hat ein Gewehr«, mischte sich ein Matrose gutgelaunt ins Gespräch.

»Ja, und 'n Messer hat er auch«, fügte der zweite Matrose hinzu.

Nun begann Ole Ericsen zu seufzen. »Wo hat sich irgändwo aain Schwedä wie ich so laaichtsinnig aaingelassän auf aain solchäs Gäschäft, möchtä ich wissän«, redete er mit sich selbst.

Wieder prallte eine Kugel vom Heck ab und summte wie eine bösartige Wespe nach Steuerbord davon. »Uns wird nichts anderes übrigbleiben, als das Schiff aufbrummen zu lassen und wegzurennen«, war die Schlußfolgerung des Matrosen mit dem sonnigen Gemüt.

»Und där ›Mary Rebecca‹ värlassän?« fragte Ole mit entsetzter Stimme.

»Natürlich nicht, bevor du das beschlossen hast«, bekam er zur Antwort. »Aber wenn diese Brüder an Bord kommen, möchte ich mich nicht dichter als tausend Meilen im Umkreis befinden« – damit meinte er den tollen Haufen wütender Griechen, den wir hinter uns herschleppten.

Genau in diesem Augenblick hatten wir auch schon Collinsville erreicht, doch wir mußten, kochend vor Ärger, an dem zum Greifen nahen Landungsplatz vorbeilaufen. »Hoffentlich steht der Wind durch!« sagte Charley und warf dabei einen verstohlenen Blick auf unsere Gefangenen.

»Där Wind, där Wind!« erwiderte Ole niedergeschlagen. »Där Fluß wird in Längä nicht durchstähan, und dann... und dann...«

»Erst wird's dann Kleinholz geben, und dann kommen auch noch die Griechen!« erklärte munter der eine Matrose, während Ole sich auszumalen versuchte, was alles geschehen könnte, wenn wir zum Ende des Flusses kämen.

Wir hatten nun die Stelle erreicht, wo sich die Wasserstraße teilte. Linkerhand öffnete sich die Mündung des Sacramento, zur Rechten die Mündung des San Joaquin. Der heitere Matrose kroch nach vorn, und als Charley hart Steuerbordruder gab und nach rechts in den San Joaquin einbog, schiftete er das Focksegel. Bisher waren wir aufrecht vor dem Wind hergelaufen, jetzt packte er uns von der Seite und preßte die »Mary Rebecca« so weit nach Backbord über, daß sie fast in Gefahr kam zu kentern.

Wir jagten weiter, und die Fischer jagten weiter hinter uns her. Eigentlich hätten sie leicht ihre Netze kappen und flüchten können; doch das hätte ihnen wenig genützt, weil der Wert ihrer Netze größer war als die Geldbuße, die sie wegen ihrer fortgesetzten Verletzung der Fischereischutzverordnung würden zahlen müssen. Außerdem blieben sie so instinktgemäß bei ihren Netzen, wie ein Seemann auf seinem Schiff ausharrt. Darüber hinaus aber waren sie wie besessen von dem Wunsch, sich zu rächen; wir konnten sicher sein, daß sie uns bis ans Ende der Welt folgen würden, vorausgesetzt natürlich, daß wir die Absicht hatten, sie so weit mitzuschleppen.

Das Gewehrfeuer hatte aufgehört, und wir konnten uns wieder achtern umschauen, um zu sehen, was bei unseren Gefangenen vor sich ging. Die Boote waren in ungleichmäßigen Abständen hintereinander aufgereiht. Wir sahen, daß die vier Boote, die uns am nächsten waren, sich dicht zusammenschlossen. Das geschah vom ersten Boot aus, das eine dünne Leine hinter sich herschleppte. Hatten die im folgenden Boot diese Leine erwischt, warfen sie ihr Netzende los und zogen sich an der Leine vorwärts, bis sie das vordere Boot erreichten. Wir machten aber so schnelle Fahrt, daß sie das nur sehr langsam schafften. Zeitweise mußten sie sich bis zum äußersten anstrengen, und trotzdem gelang es ihnen nicht, sich an der Leine auch nur fünf Zentimeter vorzuverholen; dann wieder schafften sie es sehr schnell.

Als die vier Boote nahe genug beieinander waren, daß man von einem zum anderen übersteigen konnte, kletterte von jedem der drei folgenden Boote ein Grieche in jenes Boot, das uns am nächsten war – und nahm sein Gewehr mit. Es befanden sich nun fünf Leute in dem vordersten Boot, und uns war klar, daß sie sich dort in der Absicht zusammengetan hatten, auf unser Schiff zu entern. Sie begannen auch sofort, ihren Plan in die Tat umzusetzen. Unter Aufbietung aller Kräfte und im Schweiße ihres Angesichts versuchten sie, sich Hand über Hand an der Schwimmerleine nach vorn zu verholen. Das ging nur mühsam voran; sie mußten von Zeit zu Zeit eine Verschnaufpause einlegen, doch sie kamen uns ganz allmählich näher.

Charley lächelte über ihre Anstrengungen und sagte: »Setz das Marssegel, Ole.«

Das Segel im Großmasttopp wurde ausgerissen und dann Niederholer und Schot durchgesetzt. Mitten in diesem Manöver begannen sie hier und dort auf den anderen Booten zu schießen. Doch es nützte ihnen nichts; die »Mary Rebecca« legte sich weit über und jagte schneller denn je davon.

Die Griechen ließen sich auch dadurch nicht erschüttern. Sie waren bei unserer erhöhten Geschwindigkeit zwar nicht mehr imstande, sich allein mit den Händen näher zu uns zu verholen; doch sie kamen auf die Idee, mit Hilfe ihrer Schotblöcke eine, wie Seeleute es nennen, »Arbeitstalje« zu machen. Einer von ihnen lehnte sich damit weit über den Bug vor, wobei er von seinen Kumpanen an den Beinen festgehalten wurde, und befestigte die Talje an der Schwimmerleine. Danach zogen sie sich so lange mit Hilfe der Talje nach vorn, bis sie zu Blocks kamen, und dann begann dieses Manöver wieder von vorn.

»Müssen auch noch das Stengestagsegel setzen!« rief Charley.

Ole Ericsen warf einen Blick über seine schon jetzt weit überliegende »Mary Rebecca« und schüttelte den Kopf. »Das wärdän där Masten vom Deck fegän«, sagte er. »Wenn du's nicht tust, dann werden die dort uns vom Deck fegen«, war Charleys Entgegnung.

Ole warf einen besorgten Blick auf seine Masten, einen zweiten auf das mit den bewaffneten Griechen beladene Boot – und willigte ein.

Die fünf Männer hielten sich im Bug des Bootes auf, was immer ein schlechter Platz ist, wenn ein Fahrzeug geschleppt wird. Deshalb beobachtete ich gespannt, was wohl geschehen würde, wenn das große Fischersegel ausgerissen wurde; es ist viel größer als das Marssegel, aber nur ein Leichtwettersegel Als »Mary Rebecca« mit einem gewaltigen Satz nach vorn schoß, tauchte die Nase des kleinen Bootes tief ins Wasser, und die Männer stürzten in wilder Eile und übereinander taumelnd zum Heck, um zu verhindern, daß ihr Boot ganz unter Wasser gedrückt wurde.

»Nun werden sie wohl genug haben!« bemerkte Charley trokken, doch gleichzeitig beobachtete er aufmerksam die »Mary Rebecca«, die jetzt unter viel mehr Segelfläche lief, als sie eigentlich tragen durfte.

»Nächste Station Antioch!« rief unser Matrose mit dem sonnigen Gemüt aus wie ein Eisenbahnschaffner. »Und dann kommt Merryweather!«

»Komm her, schnell!« sagte Charley zu mir.

Ich kroch quer über Deck zu ihm hin und stellte mich erst im Schutz der Stahlplatte neben ihn.

»Fühl mal in meiner Seitentasche nach«, forderte er mich auf, »und hol mein Notizbuch 'raus und schreib auf, was ich dir sagen werde.« Das schrieb ich:

Telefoniert nach Merryweather, mit dem Sheriff oder der Polizei. Sagt ihnen, daß wir kommen und sie die ganze Stadt mobilisieren sollen. Jeden bewaffnen. Alle müssen am Anleger versammelt sein, wenn wir kommen – oder wir sind verloren.

»Befestige es jetzt gut und sicher an diesem Marlspieker, und dann halt dich bereit, ihn an Land zu werfen.«

Ich tat, was er sagte. Wir hatten jetzt Antioch dicht vor uns. Der Wind jaulte durch unser Rigg, die »Mary Rebecca« lag sehr hart über und sauste dahin wie ein Windhund. Die seebefahrenen Leute in Antioch hatten beobachtet, wie wir zuerst das Marssegel und dann auch noch das Fischersegel setzten, was ihnen bei einem solchen Wetter mehr als leichtsinnig erscheinen mußte. Sie waren in kleinen Gruppen bis zur Nock der Anlegebrücke gelaufen, um dahinterzukommen, warum wir das getan hatten.

Mit vollen Segeln brausten wir ganz dicht an ihnen vorbei, Charley lief so nahe heran, daß man fast hätte an Land springen können. Als er mir dann ein Zeichen gab, warf ich den Marlspieker. Er schlug lauttönend auf die Planken der Brücke und sprang noch ungefähr fünf bis sechs Meter weit, bis sich die verdutzten Zuschauer auf ihn stürzten.

Das alles vollzog sich wie der Blitz, schon im nächsten Augenblick lag Antioch achteraus und blieb immer weiter zurück, während wir den San Joaquin in Richtung Merryweather hinaufjagten, das nur noch sechs Meilen entfernt war. Hier begann der Fluß in seine Hauptrichtung, nämlich nach Osten, abzubiegen. Wieder konnten wir vor dem Wind laufen, noch einmal mit zu beiden Seiten weit ausgebreiteten Segelschwingen dahinfliegen. Ole Ericsen schien in ein Stadium dumpfester Verzweiflung gesunken zu sein. Charley aber und die beiden Matrosen machten so hoffnungsvolle Gesichter, als hätten sie guten Grund dazu. Merryweather war eine Bergwerksstadt, und weil Sonntag war, konnte man annehmen, daß alle Männer zu Hause sein würden. Außerdem hatten die Bergarbeiter die griechischen Fischer noch nie leiden können; wir machten uns deshalb große Hoffnung, daß sie uns herzlich gern behilflich sein würden.

Wir strengten unsere Augen an, um die Stadt möglichst früh auszumachen; und der erste Anblick, den wir von ihr erhaschen konnten, wirkte auf uns wie eine riesengroße Erleichterung. Auf den Anlegern wimmelte es schon von Leuten; und als wir noch näher herangekommen waren, sahen wir, daß immer noch mehr hinzukamen; in größter Eile kamen sie die Hauptstraße entlanggerannt, ihre Waffen in der Hand. Als Charley einen flüchtigen Blick nach achtern auf die Fischer warf, blitzte in seinen Augen ein Ausdruck wie von Besitzerstolz, den ich bei ihm bisher noch nie gesehen hatte. Die Griechen aber waren von dem Aufgebot an bewaffneter Übermacht so sehr beeindruckt, daß sie ihre eigenen Gewehre niederlegten.

Wir bargen Mars- und Stagsegel und fierten die Großpiek. Als wir die Hauptbrücke querab hatten, holten wir auch das Großsegel nieder. Die »Mary Rebecca« schoß herum und ging in den Wind, die gefangenen Fischerboote im großen Bogen hinter sich herziehend. Sie wurde immer langsamer und verlor schließlich ganz an Fahrt; wir gaben unsere Leinen hinüber und machten fest. Das alles spielte sich unter den stürmischen Hurrarufen der begeisterten Bergarbeiter ab.

Ole Ericsen gab einen abgrundtiefen Seufzer von sich. »Habä nie gädacht, maainä Frau noch mal wiedärzusehän«, bekannte er.

»Warum denn bloß?« fragte Charley. »Wir waren doch nie wirklich ernsthaft in Gefahr!«

Ole sah ihn ungläubig an.

»Wirklich, das ist meine ehrliche Meinung«, fuhr Charley fort. »Wir hätten doch jederzeit bloß unseren Anhang sausen zu lassen brauchen – so wie ich es jetzt gleich tun werde, damit die Griechen ihre Netze auseinandersortieren können.«

Er ging mit einem Schraubenschlüssel nach unten, schraubte die Mutter ab und ließ den Haken auf den Grund des Hafens fallen. Als die Griechen dann ihre Netze in die Boote gezogen und alles aufgeklart hatten, wurden sie von einer Schar Einwohner zum Gefängnis gebracht.

»Ich denkä, ich war aain großär Dummkopf gewesän«, sagte

Ole Ericsen. Doch er änderte sehr schnell seine Meinung, als die Städter an Bord kamen, um ihm voller Bewunderung die Hand zu schütteln, und obendrein einige eifrige Zeitungsreporter Aufnahmen von seiner »Mary Rebecca« und ihrem Kapitän machten.

Nun muß man nach dem, was ich von den griechischen Fischern erzählt habe, nicht glauben, daß sie allesamt nur schlecht gewesen wären. Das keineswegs. Doch sie waren harte Männer, in mehr oder weniger isolierten Gemeinschaften zusammengeschlossen, die für ihren Lebensunterhalt hart mit den Elementen kämpfen mußten. Sie lebten weit außerhalb der Gesetze und ihrer Vorschriften, sie verstanden sie nicht und hielten sie für Tyrannei. Ganz besonders ungerecht kamen ihnen die Fischereischutzgesetze vor. Und aus diesem Grund betrachteten sie uns Patrouillenleute als ihre natürlichen Feinde.

Wir bedrohten ihr Leben oder ihre Art zu leben, was in vieler Hinsicht das gleiche war. Wir beschlagnahmten ihre verbotenen Netze und Fallen, jene Dinge also, die sie beträchtliche Summen gekostet hatten und für deren Anfertigung sie viele Wochen Arbeit aufbringen mußten. Wir hinderten sie immer und zu allen Jahreszeiten zu fischen, was in ihren Augen gleichbedeutend damit war, sie daran zu hindern, so gut zu leben, wie sie hätten leben können, wenn wir nicht gewesen wären. Wenn wir sie festnahmen, wurden sie vor Gericht gestellt, wo man sie zu hohen Geldstrafen verurteilte. Als Resultat haßten sie uns voller Rachsucht. Wie der Hund der natürliche Feind der Katze ist, so waren wir von der Fischereischutzbehörde die natürlichen Feinde der Fischer.

Doch mit dieser Geschichte über Demetrios Contos will ich zeigen, daß sie ebenso großmütig handeln wie erbittert hassen konnten. Demetrios Contos wohnte in Vallejo. Nächst Big Alec war er der höchstgewachsene, mutigste und einflußreichste unter den Griechen. Er hatte uns nie Schwierigkeiten bereitet, und ich bezweifle, daß es jemals zwischen ihm und uns überhaupt zu Reibereien gekommen wäre, wenn er sich nicht ein neues Lachsboot angeschafft hätte. Das Boot war die eigentliche Ursache des ganzen Ärgers. Er hatte es nach seinen eigenen Entwürfen gebaut und dabei die herkömmliche Form der Lachsboote etwas abgeändert.

Zu seiner größten Freude stellte sich heraus, daß sein neues Boot sehr schnell war – es war auch tatsächlich schneller als jedes andere Boot in der Bucht oder auf den Flüssen. Das machte ihn stolz und prahlerisch: Weil unsere Jagd auf die Sonntagsfischer mit der »Mary Rebecca« so erfolgreich gewesen war, daß alle eingeschüchtert wurden, sandte er uns eine Herausforderung nach Benicia. Sie wurde uns von einem dort ansässigen Fischer übermittelt und hatte folgenden Inhalt: Demetrios Contos wollte am kommenden Sonntag von Vallejo nach Benicia gesegelt kommen und dort, so daß ganz Benicia es sehen konnte, sein Netz auslegen und Lachs fischen – Charley Le Grant, der Patrouillenmann, könne dann ja kommen und ihn verhaften, wenn er dazu imstande sei. Natürlich hatten Charley und ich noch nichts von seinem neuen Boot gehört. Unser eigenes Boot lief prächtig schnell, so daß wir ein Wettsegeln mit irgendeinem anderen Boot nicht zu fürchten brauchten.

Bis zum Sonntag hatte sich die Herausforderung überall herumgesprochen; die Fischer und alle seebefahrenen Einwohner Benicias machten sich wie auf Verabredung auf den Weg und versammelten sich an der Pier und am Dampferanleger. Es sah so aus, als hätten sich die vielen Leute eingefunden, um sich ein Fußballspiel anzusehen. Charley und ich bezweifelten bis dahin, ob wirklich etwas an der ganzen Sache dran sei; doch die Menschenansammlung überzeugte uns davon, daß Demetrios Contos anscheinend tatsächlich etwas im Schilde führte.

Am Nachmittag, als die Seebrise erheblich an Stärke zugenommen hatte, kam zuerst sein Segel in Sicht, dann auch sein vor dem Wind rollendes Boot. Er kreuzte dicht am Anleger vorbei, winkte theatralisch mit der Hand wie ein Ritter, der zum Kampf antritt, erhielt als Antwort ein begeistertes Hurra und segelte dann wieder einige hundert Meter nach draußen. Dort holte er das Segel nieder, und während er das Boot mit Wind und Strömung treiben ließ, machte er sich daran, sein Netz auszulegen. Er legte zwar nicht das ganze Netz aus, sondern nur ungefähr fünfzehn Meter; doch trotzdem waren Charley und ich von der Unverschämtheit dieses Mannes wie vom Donner gerührt. Zu diesem Zeitpunkt wußten wir noch nicht, was wir erst später feststellten, nämlich daß das Netz alt und wertlos war. Natürlich konnte man damit noch fischen; doch bei jedem Fang, egal wie groß, wäre es in Fetzen gerissen.

Charley schüttelte den Kopf und sagte:

»Ich muß schon sagen, mir kommt das alles spanisch vor. Was hat das denn schon zu bedeuten, daß er nur fünfzehn Meter draußen hat? Wenn wir erst abgelegt haben, kriegt er die doch auch nicht wieder ins Boot, bevor wir bei ihm sind. Und warum kommt er ausgerechnet hierher, um direkt vor unserer Nase mit seiner Heldentat zu protzen? Noch dazu, wo das hier unsere Heimatstadt ist?«

Charleys Stimme klang gekränkt, und er schimpfte noch eine ganze Weile über die Frechheit von Demetrios Contos. Dieser aber hatte sich inzwischen ins Heck seines Bootes gelümmelt und beobachtete seine Schwimmer; die Schwimmer zeigen durch veränderte Bewegungen an, wenn sich ein großer Fisch im Kiemennetz gefangen hat. Offensichtlich war das soeben der Fall, denn er holte ungefähr vier Meter Netz ein, hielt dann für einen Augenblick einen großen, glitzernden Lachs in die Höhe, bevor er ihn ins Boot warf. Diese Darbietung wurde auf der Pier von seinem Publikum mit nicht endenwollenden Hurrarufen quittiert. Jetzt hatte Charley genug, denn das war mehr, als er ertragen konnte.

»Komm mit, Junge«, rief er mir zu. Ohne weiter Zeit zu verlieren, sprangen wir in unser Boot und setzten Segel. Die Menge schrie laut, um Demetrios zu warnen; und als wir hinter dem Anleger hervorschossen, sahen wir, daß er sein wertloses Netz einfach mit einem langen Messer kappte. Er mußte sein Segel klar zum Setzen gehabt haben, denn schon einen kurzen Augenblick später wehte es in der Sonne. Er sprang nach achtern, holte die Schot dicht und ging auf Kurs für den langen Schlag nach Contra Costa Hills.

Inzwischen waren wir bereits bis auf etwa zehn Meter an ihn herangekommen. Charley frohlockte. Er wußte, daß unser Boot schnell war, und er wußte auch, daß seinem seglerischen Können nur wenige Leute gewachsen waren. Er verließ sich darauf, daß es uns bestimmt gelingen würde, Demetrios festzunehmen – und ich teilte seine Zuversicht. Doch wir schienen anscheinend nicht recht zum Zuge zu kommen.

Wir hatten herrlichen Segelwind. Wir glitten wie geölt durchs Wasser; doch Demetrios segelte uns ganz allmählich davon. Sein Boot lief nicht nur schneller als unseres, es konnte auch ein paar Grad höher an den Wind gehen. Das wurde uns mit aller Deutlichkeit klar, als er bei Contra Costa Hills wendete und uns auf dem nächsten Kreuzschlag um mehr als dreißig Meter ausgesegelt hatte.

»Verdammt!« schrie Charley mir zu. »Entweder ist das Boot verhext, oder jemand hat uns einen 20-Liter-Kanister unter den Kiel gehängt!«

Eins von beidem mußte es wirklich sein. Denn als Demetrios auf der anderen Seite der Enge an Sonoma Hills vorbeilief, hatte er uns so hoffnungslos abgehängt, daß Charley sagte, ich solle die Schot fieren, wir wollten zurück nach Benicia laufen. Als wir dort ankamen und festmachten, wurden wir von den immer noch auf dem Anleger versammelten Fischern mit Hohn und Spott empfangen. Wir gingen von Bord und entfernten uns. Wir fühlten uns wie Schafsköpfe; denn es trifft einen Mann hart in seinem Stolz, wenn er sich bisher in dem Glauben gewiegt hatte, ein schnelles Boot zu haben und ein guter Segler zu sein – und wenn dann ein anderer daherkommt und ihn eines Besseren belehrt.

Charley hatte daran eine ganze Reihe von Tagen zu kauen. Dann wurde uns wieder, wie schon einmal, zugetragen, daß Demetrios Contos am nächsten Sonntag seine Vorstellung wiederholen wolle. Charley rappelte sich wieder auf. Er nahm unser Boot aus dem Wasser, kratzte das Unterwasserschiff ab und pönte es neu; er trimmte das Schwert ein wenig anders, überholte das laufende Gut und saß fast die ganze Sonnabendnacht über da und nähte ein neues und viel größeres Segel. Er machte es so groß, daß zusätzlicher Ballast nötig wurde; wir stauten fast fünf Zentner alte Eisenbahnschienen als Extraballast in die Bilge.

Wieder war Sonntag, und wieder kam Demetrios Contos, um an hellichtem Tag herausfordernd gegen das Gesetz zu verstoßen. Wieder wehte die Nachmittags-Seebrise, und wieder kappte Demetrios Contos einfach an die zwölf oder mehr Meter von seinem verrotteten Netz, setzte Segel und lief uns direkt vor der Nase davon. Als wenn er Charleys Verbesserungen vorausgeahnt hätte, ragte auch sein Segel höher hinauf als vorher, weil er an das ganze Achterliek eine neue Segelbahn angenäht hatte.

Bis nach Contra Costa Hills hinüber lieferten wir uns ein hartes Rennen, keiner von uns schien zu gewinnen oder zu verlieren. Doch als wir den nächsten Schlag nach Sonoma Hills hinter uns hatten, auf dem beide Boote mit gleicher Geschwindigkeit gelaufen waren, da mußten wir feststellen, daß Demetrios immer noch eine Spur höher an den Wind gehen konnte als wir. Und das, obwohl Charley mit soviel Geschick und Fingerspitzengefühl wie nur irgend möglich gesegelt war und mehr denn je aus unserem Boot herausgeholt hatte.

Natürlich hätte er seinen Revolver ziehen und auf Demetrios schießen können; doch wir hatten es schon seit jeher als unvereinbar mit unserer Einstellung angesehen, auf einen Mann zu schießen, der sich nur eine Geringfügigkeit hatte zuschulden kommen lassen. Zwischen den Patrouillenleuten und den Fischern schien sich auch so etwas wie ein stillschweigendes Übereinkommen herausgebildet zu haben: Solange wir nicht auf sie schossen, wenn sie uns davonliefen, solange setzten sie uns auch keinen Widerstand entgegen, wenn sie uns dann doch in die Hände fielen. Demetrios Contos unternahm den Versuch, uns davonzusegeln, und wir unsererseits taten unser möglichstes, ihn einzuholen. Sollte sich unser Boot als schneller erweisen oder sollten wir besser segeln als er, dann, das wußten wir genau, würde er keinen Widerstand leisten, sobald wir ihn abgefangen hätten.

Als wir bei der kräftigen Brise mit unseren großen Segeln so kreuz und quer über die Carquinez-Straße tobten, mußten wir uns eingestehen, daß unsere Segelei eine ziemlich »kitzlige Sache« war, wie man so sagt. Wir mußten ständig konzentriert aufpassen, daß wir nicht kenterten. Während Charley an der Pinne war, bediente ich die Großschot, die ich – wie meistens – nur mit einem Törn um den Belegnagel geschlungen hatte, jederzeit auf dem Sprung, ihr lose zu geben. Wir konnten sehen, daß Demetrios, der sein Boot allein segeln mußte, auch alle Hände voll zu tun hatte.

Doch unsere ganzen Bemühungen, ihn zu fassen, blieben ergebnislos. Mit natürlicher Begabung war ihm ein Boot gelungen, das besser als unseres war. Denn obgleich Charley beim Segeln sich selbst übertraf, lief das von ihm gesteuerte Boot nicht so schnell wie das des Griechen.

»Großschot fieren!« kommandierte Charley; und als er gleich darauf abfiel, hörten wir Demetrios höhnisch lachen.

Charley schüttelte den Kopf, als er sagte: »Hat alles keinen Zweck. Demetrios hat wirklich das bessere Boot. Für den Fall, daß er sich noch einmal mit uns anlegen will, müssen wir uns etwas anderes einfallen lassen.«

Dieses Mal hatte ich die Idee.

»Was meinst du dazu«, schlug ich Charley am nächsten Mittwoch vor, »wenn ich am kommenden Sonntag Demetrios mit dem Boot jage und du in Vallejo schon auf ihn wartest, wenn er dort anlegt?«

Charley dachte einen Augenblick darüber nach, dann schlug er sich aufs Knie.

»Wirklich eine gute Idee! Du fängst ja an, deinen Kopf zu benutzen. Das macht deinem Lehrer alle Ehre, muß ich schon sagen.«

»Aber du darfst ihn nicht zu weit jagen«, fuhr er im nächsten Augenblick fort, »sonst könnte er leicht Kurs auf die San-Pablo-Bucht nehmen, anstatt nach Hause, nach Vallejo, zu segeln; und dann würde ich dort auf der Pier allein herumstehen und umsonst auf ihn warten.«

Am Donnerstag hatte Charley doch noch etwas gegen meinen Plan einzuwenden.

»Jeder wird wissen, daß ich nach Vallejo gegangen bin; und du kannst dich darauf verlassen, daß es dann auch Demetrios wissen wird. Es tut mir leid, aber ich glaube, wir müssen deinen schönen Plan fallenlassen.«

Sein Einwand war leider nur zu stichhaltig, für den Rest des Tages litt ich unter meiner Enttäuschung. Doch in der kommenden Nacht schien ich einen Ausweg gefunden zu haben, und in meinem Eifer weckte ich Charley, der tief und fest geschlafen hatte.

»Na«, grunzte er, »was'n los? Brennt's Haus?«

»Nein«, sagte ich, »aber mein Kopf. Hör mal zu. Am Sonntag werden wir uns beide wieder in Benicia aufhalten, bis Demetrios' Segel in Sicht kommt. Das wird bei allen gar nicht erst einen Verdacht aufkommen lassen. Wenn dann seine Segel in Sicht gekommen sind, schlenderst du so ganz gemächlich fort und gehst in die Stadt zurück. Alle Fischer werden denken, du bist geschlagen und du gibst dich auch geschlagen.«

»Ja, so weit, so gut«, erklärte Charley, als ich eine Pause machte, um Luft zu holen.

»Und sehr gut sogar«, fuhr ich dann stolz fort. »Du wirst also ganz gemütlich in die Stadt zurückspazieren; aber sobald du außer Sicht bist, rennst du, so schnell du kannst, zu Dan Maloney. Du nimmst dir seine kleine Stute und reitest auf der Landstraße nach Vallejo. Die Straße ist in sehr gutem Zustand, und du wirst den Weg in kürzerer Zeit schaffen, als Demetrios gegen den Wind für die Strecke braucht.«

»Das mit der Stute werde ich gleich morgen früh arrangieren«, sagte Charley, der meinen neuen Plan ohne Zögern akzeptierte.

»Aber das eine will ich dir sagen«, mit diesen Worten weckte er mich ein wenig später aus tiefstem Schlaf.

Ich konnte hören, wie er in der Dunkelheit in sich hineinlachte.

»Aber das eine will ich dir sagen, Junge, das ist etwas völlig Neues, daß Patrouillenleute hoch zu Roß Gefangene machen!«

»Köpfchen!« antwortete ich. »Das war's doch, was du dauernd gepredigt hast: ›Solange du dem anderen immer um einen Gedanken voraus bist, wirst du gewinnen‹.«

»Jaja!« prustete er lachend. »Und wenn einer sich was ausgedacht und dabei sogar an eine Stute gedacht hat, dann sollte er auf seinen Mitmenschen wenigstens soviel Rücksicht nehmen, daß er ihn nicht gleichzeitig auch noch um den letzten Atem bringt, auch nicht einmal mich, Charley Le Grant.«

»Aber wirst du auch wirklich allein mit dem Boot fertig werden?« frage er mich am Freitag. »Denk dran, wir haben ein mächtig großes Segel drauf!«

Es gelang mir so gut, ihn davon zu überzeugen, daß ich es bestimmt schaffen könnte, daß er bis zum Sonnabend auf diese Angelegenheit nicht mehr zurückkam; doch dann schlug er plötzlich vor, daß wir doch lieber eine ganze Segelbahn am Achterliek wegnehmen sollten. Ich glaube ich habe ein so enttäuschtes Gesicht gemacht, daß er deswegen seinen Vorschlag wieder zurückzog. Auch ich war auf mein seglerisches Können stolz, und ich war ganz versessen darauf, allein mit dem riesigen Segel loszubrausen und im Kielwasser des fliehenden Griechen die Carquinez-Straße herunterzusegeln.

Wie schon erwartet, erschien am Sonntag wieder Demetrios Contos. Für die Fischer war es bereits zur Gewohnheit geworden, sich am Dampferanleger zu versammeln, um ihn zu begrüßen und sich über unsere Niederlage zu amüsieren. Wieder holte er sein Segel in etwa zweihundert Meter Entfernung vom Ufer nieder und legte wie gewöhnlich fünfzehn Meter von seinem verrotteten Netz aus.

»Ich glaube, der wird mit diesem Quatsch weitermachen, bis er keinen Zentimeter mehr von dem Netz hat«, schimpfte Charley laut, damit einige Griechen in unserer Nähe es hören konnten.

»Dann geb' ich ihm mein altes Netz«, sagte einer von ihnen sofort laut und hämisch.

»Das wär' mir schnuppe«, antwortete Charley. »Ich habe selbst ein paar alte Netze, die kann er meinetwegen auch noch haben – er braucht nur zu kommen und zu sagen, daß er sie haben möchte.«

Darüber mußten alle lachen; denn sie konnten es sich ja leisten, über einen Mann zu lachen, der so gründlich überlistet worden war.

»Also bis dann, Junge«, rief mir Charley einen Augenblick später zu. »Ich glaube, ich gehe mal in die Stadt zu Maloney.«

»Kann ich dann ein bißchen allein mit dem Boot segeln?« fragte ich ihn.

»Wenn du Lust hast«, sagte er drauf, während er schon auf dem Absatz kehrtmachte und langsam davonschlenderte.

Demetrios befreite zwei große Lachse aus seinem Netz, und ich sprang in unser Boot. Gut aufgelegt versammelten sich die Fischer an unserem Liegeplatz, und als ich Segel zu setzen begann, bekam ich von ihnen einen ganzen Schwall ironischer Ratschläge zu hören. Sie boten sich gegenseitig die tollsten Wetten für den Fall an, daß ich Demetrios fangen sollte; und zwei von ihnen, die sich selbst zu Schiedsrichtern ernannten, baten mich feierlich um Erlaubnis, mitkommen zu dürfen, um mitzuerleben, wie ich das fertigbrachte.

Doch ich hatte es nicht eilig; ich wartete noch, um Charley genügend Zeit zu lassen. Ich tat so, als wenn ich mit dem Stand des Segels nicht ganz zufrieden wäre, und setzte den Stropp ein wenig nach, mit dessen Hilfe das sehr große Sprietsegel bis zur Piek ausgeholt wurde. Erst als ich sicher sein konnte, daß Charley bei Dan Maloney angekommen und daß er bereits mit der Stute unterwegs war, legte ich ab und ließ das Segel sich mit Wind füllen. Eine kräftige Bö fiel ein und preßte das Schandeck in Lee so weit weg, daß das Boot einige Eimer Wasser übernahm, obwohl ich sofort die Großschot gefiert hatte. Das Boot richtete sich gleich wieder auf, doch sie schrien trotzdem höhnisch hinter mir her, als wenn ich mir den tollsten Schnitzer geleistet hätte.

Als Demetrios sah, daß sich nur ein einziger Patrouillenmann an Bord befand, dazu noch ein Junge, begann er, mit mir sein Spiel zu treiben. Zuerst machte er einen kleinen Schlag nach draußen; dabei lag ich nur knappe zehn Meter hinter ihm. Dann wendete er und lief zur Anlegestelle zurück. Dort machte er kleine, kurze Kreuzschläge und zickzackte hin und her – alles zum größten Vergnügen seines Publikums. Ich war während der ganzen Zeit dicht hinter ihm und tat stets genau das, was er tat, sogar als er vor dem Wind davonlief und dabei mit seinem großen Segel eine Halse wagte – mit einem so großen Segel bei einem solchen Wind ein recht gefährliches Manöver.

Er verließ sich anscheinend darauf, daß die frische Seebrise und der kräftig ablaufende Tidenstrom, die zusammen eine scheußliche See aufwarfen, mich zum Aufgeben zwingen würden. Doch ich nahm alle meine Kräfte zusammen, und in meinem ganzen Leben habe ich kein Boot besser gesegelt als an diesem Tag. Ich übertraf mich selbst, mein Verstand arbeitete ruhig und schnell, nie hantierte ich ungeschickt herum, und es schien, als ob ich alle die tausend kleinen Vorkommnisse, auf die ein Segler in jeder Sekunde gefaßt sein muß, im voraus ahnte.

Es war Demetrios, der schließlich eine kleine Havarie hatte. Er bekam Ärger mit seinem Schwert, es verklemmte sich im Schwertkasten und ließ sich nicht ganz fieren. Durch ein geschicktes Manöver gelang es ihm, mich für einen Augenblick abzuhängen; ich konnte sehen, daß er ungeduldig an seinem Schwert herumprobierte, um es wieder gangbar zu machen. Ihm blieb jedoch nicht genügend Zeit dafür, weil ich ihn bald wieder eingeholt hatte; er war gezwungen, schleunigst wieder zu Pinne und Schot zurückzukehren.

Durch die Schwierigkeiten mit dem Schwert schien er nicht mehr ganz so selbstsicher zu sein wie vorher; denn er hörte auf, mit mir herumzuspielen, und begann, sich auf den langen Schlag nach Vallejo zu machen. Zu meiner großen Freude konnte ich auf der ersten langen Kreuz feststellen, daß ich jetzt ein klein wenig höher als er an den Wind gehen konnte. In dieser Situation wäre es gut gewesen, wenn er noch einen Mann bei sich gehabt hätte; denn weil ich ihm so dicht auf den Fersen war, konnte er es nicht wagen, die Pinne zu verlassen, um nach mittschiffs zu laufen und sich noch einmal mit dem klemmenden Schwert zu befassen.

Weil er jetzt nicht mehr imstande war, so hoch wie vorher an den Wind zu gehen, ging er dazu über, mit etwas loserer Schot zu segeln und etwas abzufallen, um mich abzuhängen. Ich ließ ihn so lange ruhig gewähren, bis ich mich selbst gut gegen den Wind vorangearbeitet hatte; aber dann hielt ich direkt auf ihn zu. Als ich mich ihm näherte, täuschte er eine Wende vor. Dadurch ließ ich mich verleiten, in den Wind zu schießen, um ihm zuvorzukommen. Doch es war nur eine gut ausgeklügelte Finte gewesen; er drehte gleich wieder auf seinen alten Kurs zurück, und ich mußte mich beeilen, den verlorenen Raum wiederzugewinnen.

Es war nicht zu leugnen, daß er beim Manövrieren sehr viel erfahrener war als ich. Immer wieder gelang es mir, ihn fast zu erwischen; doch jedesmal täuschte er mich geschickt und entkam wieder. Inzwischen hatte der Wind beständig zugenommen, wir beide hatten alle Hände voll zu tun, um nicht zu kentern. Zumindest mein Boot wäre wegen des Extraballasts wie ein Stein untergegangen. Ich saß in Luv auf dem Schandeck, in einer Hand die Pinne, in der anderen die Schot; in den heftigeren Böen wurde ich oft gezwungen, die Schot, die ich nur mit einem Törn um den Belegnagel geschlungen hatte, weit zu fieren. Dadurch killte das Segel, und ich verlor gleichzeitig auch an Fahrt und Raum. Zu meinem Trost erging es Demetrios nicht besser, denn er wurde genausooft wie ich dazu gezwungen.

Der gegen den Wind laufende starke Tidenstrom erzeugte eine ungewöhnlich schwere und unangenehme See. Das Boot nahm ständig Wasser über, ich troff vor Nässe, und auch das Segel war bis zur halben Höhe hinauf naßgespritzt. Einmal gelang es mir, Demetrios so auszumanövrieren, daß mein Bug ihn genau mittschiffs traf. Jetzt hätte ich einen zweiten Mann brauchen können; denn noch bevor ich nach vorn laufen und auf sein Boot springen konnte, schob er unsere Boote – mir dabei höhnisch ins Gesicht lachend — mit einem Riemen wieder auseinander.

Wir hatten mittlerweile die Mündung der Straits erreicht – eine üble Stelle! Hier trafen nämlich die Vallejo-Straße und die Carquinez-Straße direkt aufeinander. Die erste führte das ganze Wasser des Napa-Flusses und des großen Wattengebiets mit sich, die zweite das Wasser der Suisun-Bucht, des Sacramento und des San-Joaquin-Flusses. Wo solche ungeheuren Wassermassen strömen und in schnellem Lauf aufeinander stoßen, bildet sich schreckliches Kabbelwasser. Alles wurde aber noch schlimmer durch den Wind, der fünfzehn Meilen weit quer über die San-Pablo-Bucht gebraust kam und über dieses rauhe Wasser noch zusätzlich eine furchtbare Kreuzsee türmte.

Entgegengesetzte Strömungen trieben in alle Richtungen, stießen aufeinander, bildeten Strudel, Wirbel, wildschäumenden Sog und türmten hinterhältige steile Seen hoch, die genausooft von Luv wie von Lee ins Boot einstiegen. Und auf dieses ganze wilde, wahnsinnige Durcheinander donnerten die großen, schäumend anrollenden Seen aus der San-Pablo-Bucht.

Der ganze Aufruhr der Elemente erregte auch mich. Mein Boot benahm sich großartig, es jagte und stürzte quer durch das Chaos wie eine Rennyacht. Ich konnte mich vor Freude darüber gar nicht fassen. Das riesige Segel, der heulende Wind, die rollenden Seen, das stampfende Boot – und ich, nur ein Zwerg, nur ein Tüpfelchen inmitten von allem, ich behielt in diesem Kampf der Elemente die Oberhand, flog mitten hindurch und drüber hinweg, triumphierend und als Sieger!

Und gerade jetzt, als ich wie ein siegreicher Held dahinstürmte, wurde das Boot von einem furchtbaren Schlag getroffen und kam augenblicklich zum Stehen. Ich wurde nach vorn geschleudert und stürzte zu Boden. Als ich wieder aufgesprungen war, konnte ich noch mit einem flüchtigen Blick einen grünlichen, muschelbewachsenen Gegenstand ausmachen, von dem ich im selben Augenblick wußte, was es war, nämlich der Schrekken der Schiffahrt, ein untergetauchter Pfahl. Dagegen ist jedermann machtlos. Voll Wasser gesogen trieb er dicht unter der Wasseroberfläche dahin, und es wäre völlig unmöglich gewesen, ihn in diesem Aufruhr rechtzeitig auszumachen und ihm auszuweichen.

Wahrscheinlich hatte er den ganzen Vorsteven zerschmettert, denn innerhalb weniger Sekunden war das Boot halb voll Wasser. Noch ein paar überkommende Seen, dann war es randvoll und sank durch den schweren Ballast wie ein Stein. Das alles geschah so schnell, daß ich unter das Segel geriet und mit nach unten gezogen wurde. Als ich mich, halb erstickt und mit fast berstenden Lungen, wieder nach oben gekämpft hatte, konnte ich nicht einmal mehr die Riemen entdecken, die wahrscheinlich von einer wilden Strömung fortgerissen worden waren. Aber ich sah, daß sich Demetrios Contos in seinem Boot nach mir umdrehte, und hörte, daß seine Stimme rachsüchtig und höhnisch klang, als er triumphierend etwas zu mir herüberschrie. Er hielt weiter seinen Kurs, ließ mich einfach verrecken.

Es blieb nichts weiter übrig, als um mein Leben zu schwimmen; doch in diesem wild tobenden Durcheinander würde es bestenfalls eine Frage von wenigen Minuten sein. Ich hielt den Atem an und brachte es mit den Händen fertig, meine schweren Seestiefel und die Jacke auszuziehen. Obwohl ich kaum noch Luft hatte, konnte ich mich doch über Wasser halten. Schnell begriff ich, daß in meiner Situation nicht das Schwimmen, sondern das Luftholen das Wichtigere war.

Ich wurde wie ein Bündel umhergeworfen und von den weißschäumenden Brechern der San-Pablo-Bucht niedergeschmettert, wurde von den steilen Kreuzseen begraben und vom Spritzwasser, das mir in Mund, Nase und Augen geschleudert wurde, fast erstickt. Ein starker Sog griff nach meinen Beinen und riß mich nach unten, um mich in einem wild brodelnden Kessel wieder auszuspeien; und als ich gerade wieder nach Luft zu schnappen versuchte, stürzte ein großer bleigrauer Brecher donnernd über meinem Kopf zusammen.

Ich hatte keine Chance, auch nur kurze Zeit noch zu überleben. Ich atmete mehr Wasser als Luft und war ständig in Gefahr zu ertrinken. Mein Bewußtsein begann sich zu trüben, mir wurde schwindelig. Ich kämpfte weiter, stoßweiße, instinktiv, und ich war schon halb bewußtlos, als ich fühlte, wie mich jemand an den Schultern packte und mich über das Schandeck in ein Boot zog.

Eine Weile blieb ich quer über der Ducht liegen, auf die man mich geworfen hatte; mein Kopf hing nach unten, das Wasser lief mir aus Mund und Nase. Dann drehte ich mich um, immer noch schwach und kraftlos, um zu sehen, wer mein Retter war. Und dort, im Heck, in einer Hand die Pinne, in der anderen die Schot, saß grinsend und mir gutmütig zunickend Demetrios Contos. Eigentlich hätte er beschlossen, mich absaufen zu lassen – so sagte er später –, doch sein besseres Ich hätte mit ihm gerungen, hätte gesiegt und ihn zu mir zurückgeschickt.

»Bist du wieder in Ordnung?« fragte er mich.

Ich brachte es nur fertig, mit den Lippen ein »Ja« zu formen, denn ich konnte noch nicht wieder sprechen.

»Hast dein Boot sehr gut gesegelt«, sagte er, »genauso gut wie'n richtiger Mann.«

Ein Kompliment von Demetrios Contos war wirklich ein Lob, das ich begierig aufnahm; doch ich konnte zum Dank nur mit dem Kopf nicken.

Damit war unsere Unterhaltung beendet. Ich war eifrig bemüht, wieder auf die Beine zu kommen, und er hatte alle Hände voll mit dem Boot zu tun. Er lief in Vallejo ein, machte dort an seinem Platz an der Brücke fest und half mir beim Aussteigen. Als wir dann beide auf der Pier standen, kam plötzlich Charley hinter einem Netzgestell hervormarschiert und legte seine Hand auf Demetrios Contos' Schulter.

»Er hat mir das Leben gerettet, Charley!« protestierte ich. »Da brauchen wir ihn doch nicht mehr festzunehmen, denke ich.«

Einen Augenblick sah Charleys Gesicht ein wenig verwirrt aus, aber gleich war dieser Ausdruck wieder verschwunden, und Charley sah wieder so aus wie immer, wenn er etwas beschlossen hatte.

»Ich kann's nicht ändern, Junge«, sagte er freundlich. »Pflicht ist Pflicht. Es ist einfach meine Pflicht, ihn festzunehmen. Heute ist Sonntag, und in seinem Boot liegen zwei Lachse, die er heute gefischt hat. Was bleibt mir da anderes übrig?«

»Aber er hat mir doch das Leben gerettet!« beharrte ich hartnäckig und unfähig, mit einem anderen Argument aufzuwarten.

Als Demetrios Contos Charleys Entschluß hörte, wurde sein Gesicht grau vor Ärger. Er hatte das Gefühl, daß er unfair behandelt würde. Sein besseres Ich hatte gesiegt, er hatte großmütig gehandelt und einen hilflosen Gegner gerettet – und als Dank dafür brachte ihn dieser Gegner nun hinter Schloß und Riegel.

Charley und mir war nicht sehr wohl zumute, als wir nach Benicia zurückkehrten. Ich trat für den Geist des Gesetzes ein, nicht für den Buchstaben; Charley dagegen hielt sich streng an den Buchstaben. Nach seiner festen Überzeugung gab es keine andere Möglichkeit, als so zu handeln. Das Gesetz hatte eindeutig festgelegt, daß niemand am Sonntag auch nur einen einzigen Lachs fangen dürfte. Deshalb hatte er als Angehöriger des Fischereischutzes die Pflicht, dem Gesetz mit Nachdruck Geltung zu verschaffen. Mehr konnte man da nicht tun. Er hatte seine Pflicht erfüllt, also hatte er auch ein gutes Gewissen. Trotzdem kam mir die ganze Sache ungerecht vor, und mir tat Demetrios Contos sehr leid.

Zwei Tage später mußten wir zur Verhandlung nach Vallejo. Ich war als Zeuge vorgeladen. Das war mir von allem, was ich in meinem Leben bisher tun mußte, die verhaßteste Aufgabe. Ich mußte im Zeugenstand aussagen, daß ich gesehen hatte, wie Demetrios die zwei Lachse fing, daß er also zu Recht von Charley verhaftet worden war.

Demetrios hatte sich zwar einen Rechtsanwalt genommen, doch sein Fall war hoffnungslos. Das Gericht zog sich für nur fünfzehn Minuten zur Beratung zurück und erschien mit einem gültigen Urteilsspruch: Demetrios wurde zu einer Geldstrafe von einhundert Dollar oder ersatzweise zu fünfzig Tagen Haft verurteilt.

Nach der Urteilsverkündung stieg Charley die Stufen zum Schriftführer hinauf. »Ich möchte die Strafe bezahlen«, sagte er und legte, während er sprach, fünf Goldstücke im Wert von je zwanzig Dollar auf das Pult. »Das – das war der einzig mögliche Ausweg, Junge«, stammelte er, als er zu mir zurückkam.

Ich hatte Tränen in den Augen, als ich seine Hand packte. »Ich möchte selbst...«, begann ich.

»Deine Hälfte bezahlen?« unterbrach er mich. »Das hatte ich auch von dir erwartet.«

Inzwischen war Demetrios von seinem Rechtsanwalt informiert worden, daß sein Honorar schon von Charley beglichen worden war.

Demetrios kam zu uns herüber und schüttelte Charley mit strahlendem Gesicht die Hand. Doch er wollte sich nicht in puncto Großmut übertreffen lassen, sondern bestand darauf, seine Geldstrafe und die Rechtsanwaltsgebühren selbst zu bezahlen. Er steigerte sich dabei zu leidenschaftlicher Beredsamkeit, doch Charley lehnte ab.

Mehr als alles andere, was wir je taten, denke ich, hat Charleys Verhalten in dieser Sache den Fischern die Wichtigkeit der Gesetze eingeprägt. Charley stieg mächtig in ihrer Achtung, und auch für mich fiel ein bißchen Lob ab – auf den Jungen, der sein Boot ordentlich zu segeln versteht. Demetrios Contos jedoch brach nicht nur nie wieder die Gesetze, sondern wurde sogar einer unserer besten Freunde, und zu mehr als einer Gelegenheit kam er nach Benicia herübergesegelt, um mit uns einen Schwatz zu halten.

»Ich will dir, weiß Gott, keine Vorschriften machen, Junge«, sagte Charley zu mir, »doch ich bin sehr dagegen, daß du noch einmal mit auf Patrouillenfahrt gehst. Du hast harte Zeiten gegen harte Männer bestanden; da wäre es ein Jammer, wenn dir noch zu guter Letzt etwas zustoßen sollte.«

»Aber wie könnte ich denn um eine letzte Fahrt überhaupt herumkommen?« fragte ich mit der Siegessicherheit der Jugend. »Alles muß schließlich einen Abschluß bekommen, wie du weißt.«

Charley schlug die Beine übereinander, lehnte sich zurück und erläuterte mir seine Beweggründe. »Alles schön und gut, aber wollen wir es nicht mit Demetrios Contos' Verhaftung bewenden lassen? Du hast sie heil und gesund überstanden, so durchweicht du auch warst, und – und«, seine Stimme versagte, er brachte für einen Augenblick keinen Ton heraus, »und ich könnte es mir nie verzeihen, wenn dir jetzt womöglich noch etwas zustoßen sollte.«

Ich mußte zwar über Charleys Bedenken lachen, doch ich gab schließlich nach und erklärte mich damit einverstanden, daß es meine letzte Teilnahme an einer Patrouillenfahrt gewesen sein sollte. Wir hatten genau zwei Jahre miteinander verbracht, und nun wollte ich den Dienst bei der Fischereischutzbehörde aufgeben, um meine Ausbildung fortzusetzen. Ich hatte von meinem verdienten Geld so viel gespart, daß es für drei Jahre höhere Schule reichen würde. Weil das nächste Semester aber erst in einigen Monaten begann, wollte ich mich in der Zwischenzeit noch gründlich für die Aufnahmeprüfungen vorbereiten.

Ich hatte meine Siebensachen wasserfest in einer Seekiste verstaut und wollte mir gerade eine Fahrkarte kaufen, um mit der Bahn nach Oakland zu fahren, als Neil Partington in Benicia eintraf. Die »Reindeer« würde unverzüglich für einen Einsatz weit unten auf der Lower Bay benötigt, sagte Neil, und er habe die Absicht, sofort mit dem Boot nach Oakland zu segeln. Weil er dort zu Hause war und weil ich, solange ich die Schule besuchte, bei seiner Familie wohnen sollte, sah er, wie er sagte, eigentlich keinen Grund, warum ich nicht einfach meine Seekiste ins Boot packen und mit ihm kommen sollte.

So wanderte meine Seekiste an Bord, und noch am selben Nachmittag setzten wir auf der »Reindeer« das Leichtwettersegel und legten ab. Wir hatten zermürbend windstilles Wetter. Die Seebrise, die den ganzen Sommer über wehte, hatte sich gelegt; anstatt dessen gab es jetzt unberechenbare Winde und trüben Himmel, so daß man nie voraussehen konnte, wann man ungefähr ein Ziel erreichen würde. Wir liefen mit beginnender Ebbe aus, und als wir langsam die Carquinez-Straße stromabwärts segelten, sah ich für lange Zeit zum letztenmal nach Benicia und zu der Bucht vor Turners Schiffswerft hinüber, wo wir die »Lancashire Queen« belagert und Big Alec, den König der Griechen, gefangengenommen hatten. An der Mündung der Straße blieb ich völlig unbeeindruckt beim Anblick jener Stelle, wo ich noch vor wenigen Tagen fast ertrunken wäre, mußte aber voller Dankbarkeit an die gute Seite in Demetrios Contos' Charakter denken.

Quer über die San-Pablo-Bucht kam eine dichte Nebelwand auf uns zu, und in wenigen Minuten liefen wir ohne jede Sicht durch die feuchten Schwaden. Charley, der an der Pinne stand, schien einen Instinkt für solche Fälle zu haben. Wie er es fertigbrachte, das wußte er selber nicht zu sagen; doch er hatte eine Fähigkeit, Wind, Strömungen, Abdrift, Fahrt, Entfernungen und Zeit abzuschätzen, die wirklich ans Wunderbare grenzte.

»Es sieht so aus, als wenn er sich hebt«, sagte Neil Partington, als wir bereits einige Stunden durch den Nebel gelaufen waren. »Was meinst du, wo wir uns befinden, Charley?«

Charley sah auf seine Uhr. »Sechs Uhr und noch drei Stunden ablaufendes Wasser«, äußerte er sich dann unbestimmt.

»Aber was glaubst du, wo wir sind?« beharrte Neil auf seiner Frage.

Charley überlegte einen Augenblick, dann gab er zur Antwort:

»Die Tide hat uns versetzt, und wir sind etwas von unserem Kurs abgekommen; aber wenn sich der Nebel weiter so heben sollte, wie es den Anschein hat, dann wirst du feststellen, daß wir uns weniger als tausend Meilen vor McNears Brücke befinden.«

»Du könntest es mit den Meilen ruhig ein bißchen genauer nehmen«, brummte Neil verdrießlich.

»Also gut«, sagte Charley mit Entschiedenheit, »nicht weniger als eine Viertelmeile, aber auch nicht mehr als eine halbe.«

Der Wind frischte auf, es gab ein paar schwache Böen, und der Nebel begann sich zusehends aufzulösen.

»McNears Brücke liegt genau in dieser Richtung«, sagte Charley und deutete direkt nach Luv in den Nebel.

Wir drei starrten angestrengt in das milchige Grau – da stieß die »Reindeer« plötzlich mit dumpfem Krachen gegen irgend etwas und machte keine Fahrt mehr. Wir rannten nach vorn, und dort sahen wir, daß sich unser Bugspriet in der geloten Takelage eines kurzen, dicken Mastes verfangen hatte. Wir hatten eine chinesische Dschunke, die hier vor Anker lag, mittschiffs gerammt.

In dem Augenblick, als wir unser Vorschiff erreichten, kamen schon fünf Chinesen mit verschlafenen Augen wie die Bienen aus ihrer kleinen Kajüte im Zwischendeck herausgeschwärmt.

Sie waren angeführt von einem großen, muskulösen Mann, der durch sein pockennarbiges Gesicht und besonders durch sein gelbes seidenes Tuch auffiel, das er wie eine Binde um den Kopf geschlungen trug. Es war Gelbes Schnupftuch, der Chinese, den wir vor einem Jahr festgenommen hatten, weil er damals auf unerlaubte Weise Krabben fischte und beinahe die »Reindeer« versenkt hatte, so wie sie auch jetzt beinahe gesunken wäre, weil er gegen die Regeln der Seewasserstraßenordnung ankerte.

»Was hast du dir bloß dabei gedacht, du gelbschnäuziger Barbar, hier mitten im Fahrwasser vor Anker zu liegen und keine Glocke zu läuten?« schrie Charley ihn wütend an.

»Sich gedacht?« beantwortete Neil ruhig seine Frage. »Sieh dir das da an – daran hat er gedacht.«

Unsere Blicke folgten der Richtung, in die Neils Finger wies, und wir sahen, daß der offenliegende, mittschiffs befindliche Laderaum halbvoll war, und zwar, wie wir bei der anschließenden Untersuchung feststellten, mit frischgefangenen Krabben. Unter die Krabben gemengt lagen unzählige kleine Fische von einem halben Zentimeter Länge aufwärts. Gelbes Schnupftuch hatte das Netz bei Stauwasser hochgeholt und dann die Gelegenheit genutzt, im dichten Nebel nicht so leicht entdeckt zu werden, und war frech an Ort und Stelle liegengeblieben, um bei Niedrigwasser erneut einen Fang an Bord zu nehmen.

»Nun«, meinte Neil zögernd, »nach all meinen vielen und reichhaltigen Erfahrungen als Angehöriger des Fischereischutzes muß ich ehrlich sagen, daß ich noch nie auf so leichte Art wie hier eine Prise machen konnte. Was wollen wir nun mit ihnen anfangen, Charley?«

»Natürlich die Dschunke nach San Rafael schleppen«, war die Antwort. Charley drehte sich zu mir um. »Du bleibst auf der Dschunke, Junge, ich werde dir eine Schlepptrosse hinübergeben. Wenn uns der Wind nicht im Stich läßt, können wir das Flüßchen geschafft haben, bevor das Wasser ganz abgelaufen ist. Wir bleiben über Nacht in San Rafael und können morgen gegen mittag in Oakland sein.«

Gesagt, getan. Charley und Neil gingen auf die »Reindeer« zurück, segelten los und schleppten die Dschunke hinter sich her. Ich ging nach achtern und übernahm es, unsere Prise zu steuern. Die Pinne war altmodisch, und das Ruder hatte große Löcher, durch die das Wasser gurgelte.

Inzwischen hatte sich der letzte Nebel verzogen. Wir konnten jetzt feststellen, daß Charleys geschätzte Position genau gestimmt hatte; in knapp einer halben Meile Entfernung tauchte McNears Brücke auf. Wir liefen weiter an der Westküste entlang und umrundeten Point Pedro in Sichtweite der Dörfer der chinesischen Krabbenfänger. Dort erhob sich großes Geschrei, als sie bemerkten, daß die ihnen wohlbekannte Slup der Fischereischutzbehörde eine ihrer Dschunken im Schlepp hatte.

Der Wind, der hier von Land her wehte, war ziemlich böig und unbeständig; wir hätten einen stärkeren Wind brauchen können. Der San-Rafael-Kanal, den wir hinauflaufen mußten, um die Stadt zu erreichen und unsere Gefangenen den Behörden zu übergeben, lief durch weites, flaches Marschland. Bei ablaufendem Wasser war er schon schwer zu befahren, bei Niedrigwasser war es dagegen völlig unmöglich. Weil das Wasser zu diesem Zeitpunkt aber schon zur Hälfte abgelaufen war, mußten wir uns notgedrungen sehr beeilen. Doch das wurde von der schweren Dschunke vereitelt, die so behäbig hinter uns herschwankte, daß die »Reindeer« mit dieser Last im Schlepp nur langsam vorankam.

»Sag diesen Kulis, sie sollen das Segel setzen«, rief Charley mir schließlich zu. »Wir haben keine Lust, den Rest der Nacht irgendwo im Watt zu verbringen.«

Ich gab den Befehl an Gelbes Schnupftuch weiter, der daraufhin mit heiserer Stimme auf seine Leute einredete. Er litt unter einer starken Erkältung und krümmte sich unter krampfartigen Hustenanfällen, seine Augen waren verschwollen und stark gerötet. Dadurch sah er noch bösartiger aus als gewöhnlich, und als er mich anstarrte, konnte ich nur mit Schaudern daran denken, wie knapp ich bei seiner vorigen Festnahme mit heiler Haut davongekommen war.

Seine Leute verteilten sich mürrisch an die einzelnen Fallen, und das seltsame, fremdartige Lateinsegel, in warmem Braun eingefärbt, wurde vorgeheißt. Wir segelten am Wind, und als Gelbes Schnupftuch die Schot dichtholte, arbeitete sich die Dschunke allmählich vor, so daß die Schlepptrosse bald durchhing. So schnell die »Reindeer« auch war, die Dschunke segelte schneller als sie! Um zu vermeiden, daß unser Boot überrannt wurde, ging ich ein wenig höher an den Wind. Aber auch hier bewies die Dschunke ihre Überlegenheit, denn schon nach wenigen Minuten hatten wir die »Reindeer« dwars in Lee. Die Schlepptrosse kam im rechten Winkel zu den Booten steif; diese merkwürdige Situation wirkte einfach lächerlich.

»Wirf sie los!« rief ich hinüber.

Charley zauderte unschlüssig.

»Geht schon in Ordnung«, sagte ich. »Was kann schon groß passieren? Wir schaffen das Flüßchen mit diesem Schlag, und ihr seid doch auf dem ganzen Weg bis nach San Rafael direkt hinter uns.«

Daraufhin warf Charley los, und Gelbes Schnupftuch schickte einen seiner Leute nach vorn, der die Trosse einholte. In der zunehmenden Dunkelheit konnte ich gerade noch die Mündung der Rinne nach San Rafael ausmachen; doch als wir hineinliefen, waren die Sandbänke kaum noch zu erkennen. Die »Reindeer« lag mittlerweile mit einem Abstand von fünf Minuten hinter uns, und wir ließen sie immer weiter zurück, als wir den engen, gewundenen Kanal hinaufsegelten. Mit Charley hinter mir wiegte ich mich in dem Glauben, daß ich von meinen fünf Gefangenen kaum etwas zu fürchten hätte. Doch ich konnte sie in der Dunkelheit nur ungenügend im Auge behalten, deshalb nahm ich sicherheitshalber meinen Revolver aus der Hosentasche und steckte ihn in die Seitentasche meiner Jacke, wo ich ihn im Notfall schneller zur Hand haben würde.

Gelbes Schnupftuch war derjenige, den ich fürchtete; und daß er es wußte und es auch ausnutzte, sollten die folgenden Ereignisse zeigen. Er saß jetzt, nur ein kleines Stück von mir entfernt, auf der Luvseite der Dschunke. Ich konnte seine Umrisse zwar nur undeutlich erkennen, doch schon bald wurde mir bewußt, daß er langsam, ganz langsam immer näher auf mich zu rückte.

Ich beobachtete ihn wachsam.

Während ich mit der linken Hand die Pinne hielt, ließ ich meine rechte in die Jackentasche gleiten und faßte dort meinen Revolver.

Ich konnte beobachten, wie er sich Zentimeter um Zentimeter näherschob, und ich wollte ihm gerade befehlen, sich schleunigst zu entfernen – ich hatte das Wort schon auf der Zunge –, als sich von der Leeseite her ein schwerer Körper mit einem gewaltigen Satz durch die Luft auf mich stürzte. Es war einer seiner Leute. Er hielt meinen rechten Arm so umklammert, daß ich meine Hand nicht aus der Tasche ziehen konnte, und mit der anderen hielt er mir den Mund zu. Mit Sicherheit hätte ich mich von ihm losreißen und ihm meine Hand entwinden oder wenigstens meinen Mund freibekommen können, um Hilfe zu rufen, wenn sich nicht im selben Augenblick auch noch Gelbes Schnupftuch auf mich geworfen hätte.

Ich sträubte mich wild auf dem Boden der Dschunke, doch ohne Erfolg. Sie fesselten mich an Armen und Beinen und steckten mir einen Knebel in den Mund, der, wie ich später feststellte, von einem Baumwollhemd stammte. Dann ließen sie mich auf dem Boden liegen. Gelbes Schnupftuch übernahm die Pinne und gab im Flüsterton seine Befehle. Ich konnte über mir undeutlich wie einen Schatten, der die Sterne verdeckte, das Segel ausmachen; und weil ich unsere derzeitige Position genau kannte und bemerkte, daß die Stellung des Segels verändert worden war, wußte ich, daß sie die Dschunke in die Mündung eines schmalen, schmutzigen Rinnsals hineinmanövrierten, das sich an dieser Stelle in den San-Rafael-Kanal ergoß.

Nach ein paar Minuten liefen wir vorsichtig an einer Sandbank entlang, das Segel wurde leise niedergeholt. Die Chinesen verhielten sich mucksmäuschenstill. Gelbes Schnupftuch setzte sich dicht neben mich auf den Boden, und ich konnte merken, wie er sich anstrengen mußte, seinen bellenden trockenen Husten zu unterdrücken. Nach ungefähr sieben oder acht Minuten hörte ich Charleys Stimme, als die »Reindeer« an der Einmündung des Seitenarms vorbeilief.

»Ich kann dir gar nicht beschreiben, wie erleichtert ich bin«, konnte ich ganz deutlich verstehen, als er es zu Neil sagte, »daß der Junge seine Zeit beim Fischereischutz ganz ohne Unfall überstanden hat.«

Darauf antwortete Neil etwas, das ich nicht mitbekam, und Charleys Stimme fuhr fort:

»Den Jungen zieht es natürlich aufs Wasser. Wenn er die

höhere Schule geschafft hat, könnte er Navigationsunterricht nehmen und dann auf Tiefwasserfahrt gehen. Ich sehe absolut keinen Grund, warum er es nicht eines Tages bis zum Kapitän des schönsten und größten Schiffes, das es nur gibt, bringen sollte.«

Das alles klang sehr schmeichelhaft für meine Ohren; doch ich muß sagen, daß es für mich nicht gerade die geeignete Situation war, um die Aussichten auf meine rosige Zukunft zu genießen. Ich lag hier, von meinen eigenen Gefangenen gefesselt und geknebelt. Die Stimmen wurden leiser und leiser, als sich die »Reindeer« immer weiter durch die Dunkelheit auf San Rafael zu entfernte. Mit ihr schwand auch meine letzte Hoffnung. Was nun geschehen würde, konnte ich mir nicht einmal annähernd vorstellen. Die chinesische Rasse unterschied sich zu sehr von meiner eigenen; aber ich hatte bereits genug mit den Chinesen erlebt, um zu wissen, daß ein »fair play« bestimmt nicht von ihnen zu erhoffen war.

Sie warteten noch eine Weile, dann setzte die Besatzung das Lateinsegel, und Gelbes Schnupftuch nahm wieder Kurs auf die Mündung des San-Rafael-Kanals. Das Wasser war bereits stark abgelaufen, und es machte ihm Schwierigkeiten, den Schlickbänken auszuweichen. Ich hoffte sehr, er würde auflaufen; doch er brachte es fertig, die Bucht ohne Zwischenfall zu erreichen.

Als wir die Einmündung verließen, brach ein geräuschvolles Palaver los, das sich zweifellos auf mich bezog. Gelbes Schnupftuch vertrat sehr hitzig seinen Standpunkt, doch die anderen widersprachen ihm mit gleicher Heftigkeit. Es war ganz offensichtlich, daß er dafür war, mich zu beseitigen, daß die anderen aber die Konsequenzen fürchteten. Mir war der Charakter der Chinesen vertraut genug, um zu wissen, daß sie nur von der Angst zurückgehalten wurden. Doch was sie anstelle des Mordplans von Gelbem Schnupftuch vorschlugen, das blieb mir verborgen.

Was ich fühlte, als mein weiteres Geschick so ungewiß war, kann man sich leicht denken. Ihre Beratungen arteten schließlich in Streit aus; und als sie mittendrin waren, ließ Gelbes Schnupftuch plötzlich die schwere Pinne los und sprang auf mich zu. Doch seine vier Kumpane warfen sich dazwischen, und es gab ein wildes Gerangel um die Oberhand. Gelbes Schnupftuch zog dabei schließlich den kürzeren und kehrte mürrisch an die Pinne zurück, während die übrigen ihn wegen seiner Unbesonnenheit lautstark beschimpften.

Kurz danach wurde das Segel niedergeholt; durch ihren Auslauf glitt die Dschunke weiter durch das Wasser. Dann spürte ich, daß sie auf weichen Schlick auflief. Drei Chinesen mit langen Seestiefeln an den Beinen sprangen über Bord, die beiden anderen hoben mich über die Reling und ließen mich zu ihnen hinunter. Gelbes Schnupftuch packte mich an den Beinen, die beiden anderen faßten mich an den Schultern, und so begannen sie mit mir durch den Schlick zu waten. Nach einer Weile bekamen sie festeren Boden unter die Füße, und ich merkte, daß sie mich irgendein Ufer hochschleppten. Was für ein Ufer es war, darüber brauchte ich nicht lange nachzudenken. Es konnten nur die Marin Islands sein, eine Gruppe von Inselchen, die dem Marin County vorgelagert waren.

Als sie den festen Sandstreifen erreicht hatten, der den höchsten Flutstand markierte, ließen sie mich ziemlich unsanft fallen. Gelbes Schnupftuch trat mir boshaft gegen die Rippen, dann stapfte das Trio durch den Schlick zur Dschunke zurück. Einen Augenblick später hörte ich, wie das Segel gesetzt wurde und im Wind schlug, bis sie die Schot dichtgeholt hatten. Dann wurde es totenstill, und ich blieb meinen eigenen Einfällen überlassen, um mich zu befreien.

Ich erinnerte mich daran, daß ich einmal gesehen hatte, wie sich ein Artist aus den Fesseln, mit denen er gebunden worden war, wieder herausgekrümmt und -gewunden hatte. Doch soviel ich mich auch krümmte und wand wie einer von jenen tüchtigen Leutchen: die Knoten blieben so fest wie zuvor und lockerten sich nicht ein bißchen. Als ich mich so herumwälzte, rollte ich plötzlich über einen Haufen Muschelschalen, die wahrscheinlich von einem Muschelessen liegengeblieben waren, das eine Segelgesellschaft hier veranstaltet hatte. Das brachte mich auf eine Idee. Ich wußte, daß es hier höher am Ufer felsiges Gestein gab. Ich ergriff eine Muschelschale und rollte mich am Ufer aufwärts, bis ich diese Klippen erreichte.

Man hatte mir die Hände auf dem Rücken gefesselt. Ich mußte mich also hierhin und dorthin rollen, bis ich schließlich eine enge Spalte entdeckte, in die ich die Muschelschale hineinschieben konnte. Die Schale hatte eine scharfe Kante, und nun versuchte ich, mit dieser scharfen Kante die Handfesseln durchzuscheuern. Die Muschel war jedoch rissig, und die Schale zerbrach, als ich zu ungestüm mit ihr umging. Ich rollte mich zu dem Haufen zurück und kam mit so vielen Muschelschalen wieder, wie ich in beiden Händen halten konnte. Ich zerbrach noch viele, schnitt mir immer wieder die Hände auf und bekam durch meine Anstrengungen in einer so unnatürlichen Stellung Krämpfe in den Beinen.

Als ich wegen dieser Schmerzen wieder einmal Pause machen mußte, hörte ich ein bekanntes »Hallo« über das Wasser schallen. Es war Charley, der mich offenbar suchte. Durch den Knebel im Mund konnte ich nicht zurückrufen, sondern mußte hier hilflos und wütend liegen bleiben, während er an der Insel vorbeiruderte. Seine Stimme war mit zunehmender Entfernung immer schwächer zu hören.

Ich machte mich wieder an meine Sägerei, und als darüber eine halbe Stunde vergangen war, hatten meine Bemühungen Erfolg; der Rest war leicht. Als meine Hände erst einmal frei waren, dauerte es nur Minuten, meine Beine loszubinden und endlich den Knebel aus dem Mund zu nehmen. Ich lief rund um die Insel, um mich zu vergewissern, daß es auch wirklich nur eine Insel und nicht vielleicht doch irgendein Zipfelchen des Festlands war. Aber es war tatsächlich nur eine Insel, und zwar eine der Marin-Gruppe, umsäumt von sandigem Ufer und umgeben von einem Meer von Schlick. Mir würde nichts anderes übrigbleiben als zu warten, bis es hell wurde, und mich inzwischen irgendwie warmzuhalten. Es war für Kalifornien eine verhältnismäßig naßkalte und rauhe Nacht; der Wind war so schneidend, daß ich zu frösteln begann.

Um mein Blut in Bewegung zu halten, lief ich ungefähr ein dutzendmal um die kleine Insel herum und kletterte noch viel öfter quer über ihr felsiges Rückgrat. Wie ich nachher feststellte, war mir das alles noch viel nützlicher als nur mich aufzuwärmen. Mitten in diesen Übungen fragte ich mich plötzlich, ob ich nicht vielleicht etwas aus meinen Taschen verloren hätte, als ich mich über den Sand rollte.

Als ich nachsah, stellte ich fest, daß mein Revolver und mein Taschenmesser fehlten. Den Revolver hatte mir Gelbes Schnupftuch abgenommen, doch das Messer mußte ich im Sand verloren haben.

Als ich eifrig auf der Suche war, hörte ich plötzlich das Geräusch, das Riemen in den Dollen machen. Natürlich dachte ich zuerst, es sei Charley; doch mein nächster Gedanke war, daß Charley beim Vorbeirudern bestimmt rufen würde. Ein Gefühl drohender Gefahr befiel mich plötzlich. Die Marin-Inseln sind so einsam, daß sich bestimmt kein Besucher in tiefster Nacht hierher verirren würde. Was tun, wenn es womöglich Gelbes

Schnupftuch wäre? Das Riemengeräusch wurde immer deutlicher. Ich kauerte mich auf den Sand und horchte angespannt. Ich erkannte an den schnellen Ruderschlägen, daß es ein kleines Boot sein mußte, das in etwa fünfzig Metern Entfernung auf dem Uferschlick aufsetzte. Ich hörte ein bellendes, trockenes Husten, und mir blieb fast das Herz stehen. Das konnte nur Gelbes Schnupftuch sein. Um nicht von seinen vorsichtigeren Kumpanen an der Ausübung seiner Rachsucht gehindert zu werden, hatte er sich heimlich aus seinem Dorf fortgestohlen und war allein zurückgekommen.

Ich überlegte blitzschnell. Ich war unbewaffnet und befand mich hilflos auf einem winzigen Inselchen, und ausgerechnet hier wollte dieser gelbe Barbar, den ich zu fürchten gelernt hatte, Jagd auf mich machen. Jeder andere Platz wäre sicherer als diese Insel; ich setzte deshalb instinktiv meine Hoffnungen mehr auf das Wasser und noch mehr auf ein Schlick. Als er begann, durch den Schlick auf das Ufer zuzuwaten, watete ich gleichzeitig in den Schlick hinaus, und zwar in derselben Richtung, die die Chinesen genommen hatten, um mich hier auszusetzen und dann wieder zur Dschunke zurückzukehren.

Gelbes Schnupftuch wiegte sich offenbar in dem Glauben, daß ich noch gutgefesselt an meinem Platz liegen würde. Er benahm sich also nicht vorsichtig, sondern kam ziemlich laut auf das Ufer zu. Das war mir eine große Hilfe; denn im Schutz seiner Gehgeräusche und weil ich mich selbst so leise wie möglich verhielt, brachte ich es fertig, in der Zeit, die er brauchte, um den Strand zu erreichen, fünfzehn Meter zurückzulegen. Dort blieb ich im Schlick liegen. Er war kalt, ich fröstelte; aber ich dachte nicht daran, aufzustehen und dabei zu riskieren, daß er mich mit seinen scharfen Augen entdeckte.

Er ging am Ufer entlang direkt auf die Stelle zu, wo er mich liegengelassen hatte; und mich überkam flüchtig ein Gefühl der Enttäuschung, daß ich nicht mitansehen konnte, wie verblüfft er war, als er mich dort nicht mehr vorfand. Aber es war wirklich nur ein sehr, sehr flüchtiges Gefühl der Enttäuschung, denn mir klapperten vor Kälte bereits die Zähne.

Was er danach unternahm, mußte ich mir nach Lage der Dinge in der Hauptsache selbst zusammenreimen; denn ich konnte ihn im schwachen Sternenlicht kaum erkennen. Doch ich durfte mit ziemlicher Sicherheit annehmen, daß er zuerst einmal rund um die Insel ging, um nachzusehen, ob inzwischen vielleicht auch andere Boote dort angelegt hatten. Das hätte er sofort an den Schleifspuren im Schlick feststellen können.

Als er sicher war, daß mich kein Boot von der Insel weggeholt hatte, machte er sich daran, herauszufinden, wo ich wohl geblieben sein könnte. Er begann mit seiner Suche an dem Haufen Muschelschalen, zündete Streichhölzer an und verfolgte in ihrem Licht meine Spuren im Sand; dabei konnte ich sein Schurkengesicht genau erkennen. Wenn er die Hölzer anriß, reizte der Schwefel seine Lungen, und wenn dann sein bellender Husten über den klebrigen Schlick, in dem ich lag, zu mir herüberschallte, fröstelte es mich noch mehr als vorher, das kann ich nur sagen.

Meine unverständlich vielen Fußspuren verwirrten ihn. Dann war ihm die Idee gekommen, daß ich vielleicht draußen im Schlick sein könnte; denn er watete ein paar Meter in meine Richtung, und suchte dann in gebückter Haltung lange und genau die dunkle Oberfläche mit den Augen ab. Er kann dabei höchstens fünf Meter von mir entfernt gewesen sein, und hätte er ein Streichholz angezündet, dann hätte er mich wohl sicherlich entdeckt.

Doch er kehrte wieder zum Ufer zurück, kletterte dann auf dem felsigen Grat herum und suchte wiederum im Licht seiner Streichhölzer nach mir. Soeben nur ganz knapp noch einmal davongekommen, trieb es mich, noch weiter weg zu fliehen. Ich wagte aber nicht, aufrecht durch den Schlick zu waten, weil beim Gehen schmatzende Geräusche bei jedem Schritt nicht zu vermeiden waren. Ich blieb also lieber im Schlick liegen und rollte mich mit meinen Händen weiter, bis ich das Wasser erreichte. Dabei hielt ich mich genau an die Spur, die die Chinesen hinterlassen hatten, als sie von der Dschunke an Land und wieder zurück gingen. Ich watete einen Meter tief ins Wasser hinein und ging dann parallel zum Ufer weiter.

Mir kam dabei der Gedanke, zum Boot von Gelbem Schnupftuch zu gehen und damit zu fliehen; doch im selben Augenblick kehrte er zum Ufer zurück und schlurfte, als wenn er genau das befürchtet hätte, was ich gerade erwog, durch den Schlick, um nachzusehen, ob mit dem Boot noch alles in Ordnung sei. Das trieb mich in die entgegengesetzte Richtung. Halb schwimmend, halb watend, den Kopf dicht über dem Wasser und jedes planschende Geräusch vermeidend, konnte ich ungefähr dreißig Meter zwischen mich und jene Stelle bringen, wo die Chinesen von der Dschunke zur Küste gewatet waren. Dort zog ich mich wieder auf den Schlick hinauf und blieb flach liegen.

Wieder kehrte Gelbes Schnupftuch zum Ufer zurück und begann, nochmals die Insel abzusuchen, und wieder kam er zu dem Muschelhaufen. Ich wußte genau, was ihm durch den Kopf ging. Niemand konnte die Insel verlassen oder auf ihr landen, ohne Spuren im Schlick zu hinterlassen. Doch die einzigen Spuren, die er ausmachen konnte, waren jene, die von seinem Boot und von der Dschunke herrührten. Ich befand mich nicht auf der Insel, also mußte ich sie entweder auf der einen oder auf der anderen Spur verlassen haben. Er war soeben bei seinem Boot gewesen und war nun sicher, daß ich nicht auf diesem Weg verschwunden sein konnte. Deshalb konnte ich die Insel nur auf jener Spur verlassen haben, die zur Landestelle der Dschunke führte. Er wollte sich darüber Gewißheit verschaffen und watete auf ihr entlang; beim Gehen riß er von Zeit zu Zeit wieder Streichhölzer an, um überhaupt etwas erkennen zu können. Als er die Stelle erreichte, wo ich zuerst gelegen hatte, hielt er sich dort so lange auf, daß ich wußte, daß er im Licht seiner Streichhölzer die Abdrücke entdeckt hatte, die von meinem Körper stammten. Er folgte ihnen bis direkt ans Wasser, dann auch ins Wasser hinein; aber in einem Meter Tiefe konnte er sie in der Dunkelheit nicht mehr ausmachen. Weil das Wasser jedoch immer noch fiel, konnte er mit Leichtigkeit den Abdruck finden, den der Bug der Dschunke hinterlassen hatte. Ebenso hätte er es sehen müssen, wenn ein anderes Boot ebenfalls an dieser Stelle aufgesetzt hätte. Doch es gab keinen zweiten Abdruck, und daher wußte ich, daß er absolut sicher war, daß ich mich irgendwo im Schlick versteckt hielt.

Doch in einer dunklen Nacht im Schlick einen Jungen zu finden wäre das gleiche gewesen wie im Heuhaufen die berühmte Stecknadel; also unternahm er erst gar nicht den Versuch. Statt dessen ging er zum Ufer zurück und strich dort noch eine Weile herum. Ich hoffte, er würde nun seinen Plan aufgeben und nach Hause rudern; denn ich begann fürchterlich unter der Kälte zu leiden. Schließlich watete er wirklich zu seinem Boot hinaus und ruderte fort. Ob mich Gelbes Schnupftuch damit aber vielleicht nur täuschen wollte? Vielleicht wollte er mich damit nur wieder ans Ufer zurücklocken?

Je länger ich darüber nachdachte, um so verdächtiger kam es mir vor, daß er mit seinen Riemen beim Wegrudern ein wenig zu geräuschvoll hantierte. Ich blieb also lieber an meinem Platz, lag regungslos im Schlick und fror jämmerlich. Ich zitterte so sehr vor Kälte, daß mir schließlich im Kreuz alle Muskeln schmerzten und mich genauso peinigten wie die Kälte selbst. Ich mußte meine ganze Selbstbeherrschung aufbieten, um in dieser scheußlichen Situation weiter auszuharren.

Und es war gut, daß ich mich dazu zwang; denn nach ungefähr einer Stunde hatte ich den Eindruck, als wenn sich am Rand des Ufers etwas bewegte. Ich beobachtete die Stelle mit größter Anspannung, doch dann waren es nicht meine Augen, sondern die Ohren, die mir Gewißheit verschafften: Ich hörte den bellenden Husten, den ich nur zu gut kannte. Gelbes Schnupftuch hatte mit seinem Boot auf der anderen Seite der Insel angelegt, kam jetzt zurückgeschlichen und kroch umher, um mich zu überrumpeln, falls ich doch zurückgekommen sein sollte.

Danach vergingen einige Stunden, ohne daß ich ihn noch einmal zu sehen bekommen hätte; doch ich konnte mich trotzdem nicht entschließen, auf die Insel zurückzugehen. Andererseits befiel mich die Angst, hier in der Kälte, der ich schutzlos ausgesetzt war, zu erfrieren. Ich hätte vorher nie geglaubt, daß man soviel erdulden kann. Ich war schließlich so unterkühlt und erstarrt, daß ich nicht einmal mehr zittern konnte. Meine Muskeln und Knochen begannen auf qualvolle Weise zu schmerzen. Schon seit einiger Zeit hatte die Flut wieder eingesetzt und trieb mich Stück für Stück weiter auf das Ufer zu. Um drei Uhr war dann der höchste Wasserstand erreicht, und um drei Uhr zog ich mich, mehr tot als lebendig, auf den Strand. Hätte sich Gelbes Schnupftuch jetzt auf mich gestürzt, wäre ich zu hilflos gewesen, um mich auch nur im geringsten gegen ihn wehren zu können.

Doch Gelbes Schnupftuch erschien nicht wieder. Er hatte es aufgegeben und war nach Point Pedro zurückgekehrt. Mein Zustand war indessen nicht nur erbärmlich, sondern gefährlich geworden. Ich schaffte es nicht, mich auf die Beine zu stellen, geschweige denn, auch nur ein Stückchen zu gehen. Meine feuchtkalten, klebrigen Sachen hafteten an meinem Körper wie eisige Umschläge. Mir war, als würde ich sie nie wieder herunterbekommen können. Meine Finger waren so erstarrt und leblos, und ich selbst fühlte mich so schwach, daß es mir schien, als hätte ich eine ganze Stunde gebraucht, um meine Schuhe auszuziehen. Die Knoten ließen sich kaum lösen, aber ich hatte nicht mehr die Kraft, die Schnürsenkel aus Seehundleder einfach zu zerreißen. Ich schlug meine Hände immer wieder gegen den Fels, damit sie wieder ein wenig lebendiger würden. Manchmal glaubte ich, daß es mit mir zu Ende ging.

Doch schließlich – es kam mir wie nach einer ganzen Ewigkeit vor – konnte ich auch mein letztes Kleidungsstück abstreifen. Bis zum Wasser war es nicht weit, ich kroch mühsam hinein und wusch den Schlick von meinem nackten Körper. Ich war immer noch nicht imstande, aufzustehen und umherzugehen; aber ich durfte auch nicht einfach regungslos liegen bleiben. Es blieb mir nichts anderes übrig, als langsam wie eine Schnecke und unter ständigen Schmerzen auf dem Sand hin und her zu kriechen. Ich versuchte, das so lange wie möglich durchzuhalten; doch als es im Osten allmählich zu dämmern begann, verließen mich die Kräfte. Als der Himmel sich rosarot verfärbte und der goldene Rand der Sonne sich über den Horizont hinausschob, lag ich hilflos und bewegungsunfähig zwischen den leeren Muschelschalen.

Wie in einem Traum sah ich dann das vertraute Segel der »Reindeer« auftauchen, als sie im hellen Morgenlicht bei einem leichten Windhauch aus der Mündung des San-Rafael-Kanals herüberkam. Dieser Traum wurde zeitweise unterbrochen, er hat Lücken, auf die ich mich zurückschauend nicht mehr besinnen kann. Jedoch an drei Dinge erinnere ich mich ganz deutlich: Wie das Großsegel der »Reindeer« zum erstenmal auftauchte, wie die »Reindeer« in geringer Entfernung vor Anker ging und ein Boot von ihr ablegte und wie der Herd in der Kajüte rotglühend bullerte, als ich neben ihm hockte, über und über in Decken gewickelt, aus denen nur Brust und Schultern heraussteckten, auf die Charley klatschend einschlug, während mein Mund und meine Kehle vom Kaffee fast verbrüht wurden, den Neil Partington um eine Spur zu heiß in mich hineingoß.

Doch verbrüht oder nicht verbrüht – ich kann dir sagen, er tat mir wirklich gut. Als wir in Oakland ankamen, war ich wieder so beweglich und gesund wie eh und je –, doch Charley und Neil Partington hatten immer noch Angst, daß ich doch eine Lungenentzündung bekommen könnte. Und Mrs. Partington beobachtete mich voller Besorgnis während meiner ersten sechs Monate Schule, um ja nicht die ersten Symptome einer beginnenden Schwindsucht zu übersehen.

Die Zeit vergeht wie im Flug. Es kommt mir so vor, als sei es erst gestern gewesen, daß ich als sechzehnjähriger Junge bei der Fischereischutzpatrouille Dienst getan hatte. Doch tatsächlich bin ich heute morgen von China zurückgekommen; und daß wir eine schnelle Überfahrt hatten, ging auf mein eigenes Konto als Kapitän der Schonerbark »Harvester«. Und morgen früh werde ich nach Oakland hinüberfahren, um Neil Partington, seine Frau und seine Familie wiederzusehen. Und später werde ich dann nach Benicia fahren, um mich mit Charley Le Grant zu treffen und mit ihm über die alten Zeiten zu reden. Nein, ich werde doch nicht nach Benicia gehen, auch wenn ich es mir gern ausmale. Ich bin nämlich im Begriff, auf einer in Kürze stattfindenden Hochzeit eine höchst wichtige Rolle zu übernehmen! Sie heißt Alice Partington, und weil Charley zugesagt hat, mein Trauzeuge zu sein, wird er schon selbst nach Oakland kommen müssen.

Erklärung wichtiger nautischer Ausdrücke

abfallen das Gegenteil von anluven

Achterliek die hintere Kante eines Segels

anluven den Kurs so ändern, daß das Schiff spitzer zum Wind segelt

ausbaumen ein Segel mit einer Spiere zur Seite ausstellen

Backskiste eingebaute Kastenbank, dient als Stauraum

Backstag ein Stag, das den Mast schräg nach achtern abstützt

Backstagsbrise ein Wind, der schräg von achtern kommt

belegen das Festmachen eines Endes (Leine, Schot etc.) durch kreuzweises Herumlegen um eine Klampe (Belegnagel oder Poller)

Besan das hintere Schratsegel bei Schiffen mit mehr als einem Mast

Bilge bei Booten der Raum unter den Bodenbrettern

Block Seilscheibe mit Gehäuse, beweglich angebracht

Bugspriet der verlängerte mittlere Decksbalken, der über den Bug hinausragt

Davit drehbarer Kran für Beiboote, Anker etc.

durchsetzen Steifsetzen einer Leine

Ende eine kurze Leine, überhaupt jede Art von Tau

Fall Taue, mit denen Segel und Rahen vorgeheißt werden

fieren ein Segel an dem dazugehörenden Fall herunterlassen

Fock das Vorsegel (vor dem Mast)

Gräting meistens aus Holz, eine Art Rost zum Ablaufen des Wassers, als Rutschschutz für die Füße

Gut Tauwerk

halber Schlag einfacher Knoten

Halse das Segelmanöver, wenn man mit dem Heck durch den Wind geht

Höhe am Wind der spitze Winkel zum Wind

Ketsch Anderthalbmaster, dessen kleinerer hinterer Mast noch vor dem Ruder steht

Kette stecken mehr Kette nach außenbords auffieren

killen das Schlagen (Flattern) der Segel, wenn das Boot zu hoch am Wind segelt

Klampe (Belegklampe) ein etwa T-förmiger Holz- oder Metallknebel zum Belegen von Leinen etc.

kn Knoten = Seemeile pro Stunde

laufendes Gut Tauwerk, das zur Bedienung der Segel dient

lenzen in das Schiff eingedrungenes Wasser entfernen

Liek die Kante eines Segels

Marssegel an einem rah-getakelten Mast das zweite Segel von unten

Nock das Ende von Spieren bzw. Bäumen (auch Brücken), jedoch nicht von Masten

Niedergang Treppe an Bord

osen lenzen mittels Ösfaß

Ösfaß hölzerne Handschaufel

Piek oberes Ende einer Gaffel

Plattgatter Boot oder Schiff mit flachem Heck

Plicht der Platz, von dem aus Boote gesteuert werden
pönen anstreichen, malen
Pütz Eimer
raumschots Wind schräg von hinten
reesen um die Wette pullen (rudern)
Reff ausschütten ein gerefftes Segel vergrößern
Rigg Masten und alles was dazugehört
Schandeck die äußerste Decksplanke
schiften einen Gegenstand, z.B. einen Baum, auf die andere Seite nehmen
Schlipp (Slip) ins Wasser gehende Schienenanlage zum Anlandnehmen von Schiffen
Schrick eine straffe Leine etwas länger machen
Setzbord die senkrecht stehende Abschlußplanke der Plicht
Slup einmastiges Segelboot
Spiere waagerechtes Rundholz (Gaffel, Baum, Rah etc.)
Sprietsegel ein Segel mit losem Unterliek, das also ohne Baum gefahren wird
Spring zusätzlich zu den Festmachern benutzte Leinen, die Vorwärts- oder Rückwärtsbewegung des Schiffes verhindern
Stag Mastverspannungen
über Stag gehen wenden, d.h. mit dem Bug durch den Wind gehen
Stauwasser die Zeit des Richtungswechsels in Tidengewässern (bei hohem Wasserstand)
stehendes Gut Wanten und Stagen
Stenge die Verlängerung großer Masten
Stengestagsegel das oberste Zusatzsegel
Stillwasser die Zeit des Richtungswechsels in Tidengewässern (bei niedrigem Wasserstand)
Stropp kurze, meistens einseitig befestigte Leine
Talje Flaschenzug
Tampen das »Ende« einer Leine, Trosse etc.
Tide das ab- oder auflaufende Wasser, von Landratten Ebbe und Flut genannt
Topp die Spitze eines Mastes
unterschneiden heißt es, wenn das Deck bei starker Schräglage ins Wasser taucht
vertörnt Leinen, die unklar sind
Wanten Mastabstützungen
Zeising ein Stropp aus Segeltuch (genäht) oder Tauwerk (geflochten) zum Beschlagen der Segel

Romane Erzählungen

dtv

Alain Robbe-Grillet:
Projekt für eine Revolution in New York
Roman
1015

Manfred Bieler:
Bonifaz oder der Matrose in der Flasche
Roman
1017

Rudolf Hagelstange:
Venus im Mars
Liebesgeschichten aus der Zeit des Hasses
1025

Edna O'Brien:
Das Mädchen mit den grünen Augen
Roman
1026

Ingeborg Bachmann:
Simultan
Erzählungen
1031

Karl May:
Der große Traum
Erzählungen
1034

Nikos Kazantzakis:
Brudermörder
Roman
1037

Walter Kempowski:
Tadellöser & Wolff
Ein bürgerlicher Roman
1043

Alan Sillitoe:
Die Lumpensammlerstochter
Erzählungen
1050

Hermann Kesten:
Ein Mann von sechzig Jahren
Roman
1057

Satiren
Parodien

dtv

Ephraim Kishon:
Drehn Sie sich um, Frau Lot!
192
Der seekranke Walfisch oder Ein Israeli auf Reisen
490
Wie unfair, David!
708
Pardon, wir haben gewonnen
773
Der Fuchs im Hühnerstall
813
Nicht so laut vor Jericho
989
Der Blaumilchkanal
Satirische Szenen
993
Salomos Urteil – zweite Instanz
Neue Satiren
1038

Ludwig Thoma:
Der Münchner im Himmel
323

Egon Friedell:
Wozu das Theater?
Essays, Satiren, Humoresken
552

Michail Sostschenko:
Bleib Mensch, Genosse
819

Josef Eismann/ Ivan Steiger:
Jimmys Friedhof
Zehn Geschichten aus dem Wilden Westen
911

Nebbich, meint der Katz
Satirisches aus Prag
917

Olaf Gulbransson:
Sprüche und Wahrheiten
1011